黒公爵様の恋文代筆人

鳳乃一真

富士見Ｌ文庫

The black duke's love letter writer

CONTENTS

プロローグ

とある舞踏会にて、心優しき王子が美しき姫君に一目惚《ひとめぼ》れをした。

しかし相手は敵対する隣国の姫君であり、それは叶《かな》わぬ恋である。

それでも自らの思いを諦めることができなかった王子は、その胸中を綴《つづ》った恋文を、密《ひそ》かに姫君に送ったという。

それが全ての始まりだった。

2人の秘密のやりとりは続き、そして7通目の恋文で王子は姫君にプロポーズをした。

それから10日後、婚礼衣裳を纏《まと》った姫君は王子の前に姿を現し、恋文の返事を口にする。

「あなた様が送ってくださった恋文の数々は、暗い気持ちに沈んでいた私の心を温かく癒《いや》してくれました。どうか末永くお傍《そば》にいさせてください」

これを機に一触即発だった両国の争いはなくなり、2つの国に平和が訪れたのである。

だがこの《逸話》には、公然の裏話がある。

王子が送った恋文をしたためた代筆人の存在だ。

名こそ伏せられているが、王子に助力した存在があったことは今や誰もが知るところとなっている。

恋文代筆人。

それはグラダリス王国において台頭した《恋文文化》を支えた者たちの総称である。

稀有《けう》な文化のきっかけとなったのは全ての国民に愛された逸話であり、その発展を彩ったのは恋文代筆人たちであったことは間違いない。

だからこそ後世において、王子の恋文を代筆した《始まりの恋文代筆人》の存在は、歴史的にも大きな意味があったと評価されている。

ただこの話題に触れるならば、忘れてはならない、、、もう1人の恋文代筆人、、、がいる。

始まりより15年の後、王国において多様な広がりを見せていた恋文文化の中にあって、社交界で囁《ささや》かれ始めた、とある恋文代筆人。

ステッキを片手に優雅に微笑《ほほえ》む知的な彼女は、貴族のみならず庶民たちの相談にも耳を傾け、多くの恋文に関わったという。

これは後に、《始まり》と共に語られる、とある恋文代筆人の物語——

社交界において
それは、
革命の思惑潜む
美しき剣となる。

恋文嫌いの依頼人

The black duke's
love letter writer

{ EPISODE 1 }

第1話　噂の恋文代筆人

1

——まったく、恋文とは実に厄介な代物である。

街中を進む馬車の中、憂鬱な表情を浮かべる美しき紳士は、小さなため息を零《こぼ》す。吸い込まれそうな黒の御髪と凛々《りり》しい瞳。仕立ての良《い》いスーツの着こなし、その姿を見れば誰もが振り返ってしまうほどの美形。

分かる人間が見れば、その所作一つ一つで、彼がそれなりの地位にある貴族だということに気付くだろう。

「ヴィンセント様。やはりお疲れのご様子。本日は屋敷《やしき》でお休みになられては？」

「問題ない」

向かいの席に座る片眼鏡の執事の気遣いに対し、ヴィンセントは不機嫌そうに答える。

実際、やるべき仕事は山のようにあり、ベッドで惰眠を貪る暇などありはしない。

そんな中にあって今回の面倒事である。

時折、顔を出す社交界で、すれ違う淑女たちから恋文《こいぶみ》を送られる機会などいくらでもあった。

だが笑顔で受け取りながらも、関わるのは面倒だと全て無視してきた。

しかしここにきて、どうしても、ある恋文の返事を書かなければならなくなってしまったのだ。

（本当に難儀な代物だ）

心の中で愚痴を零しながら窓の外に目を向けると、通りに並ぶ建物の間から立派な王城がチラリと見えた。

現国王と今は亡き王妃殿下にまつわる恋文の逸話。

それは15年前に実際にあった出来事だ。

グラダリス王国の民は誰もがこの物語を知っており、誰もが好感を抱いている。

殊更に女性、特に貴族の淑女たちにもてはやされ、今では恋文文化なるものが庶民の間にまでも広がりを見せているほどだ。

ただそれらを敬遠し、一切触れてこなかったヴィンセントからすれば、それは理解の及ばない風潮だった。

それでも必要となった以上は仕方がない。

これも自らの務めだと割り切り、件の恋文を手に取った。

ヴィンセントは名門貴族の長男として幼少の頃より様々な勉学、芸術、武芸に触れてきた。

非凡な才能に胡坐《あぐら》をかかず、努力を惜しまず取り組むことで、どの分野でもひとかどの成果を出してきたという自負があり、これまでどんな窮地に陥っても、音を上げたことなど一度もなかった。

そのように生きてきたヴィンセントだったが、いざ恋文の返事に取り組んですぐに「無理だ」と悟った。

初めての挫折……いや、正確には放棄したというのが正しいだろう。

嫌悪感から読むだけで虫唾《むしず》が走り、精神的苦痛《ストレス》は溜《た》まり続ける一方。理解を深める気にもなれず、おかげでここ数日は寝不足続きである。

その結果たどり着いた結論が、全て他人に任せる、であった。

「この辺りか？」

馬車が大通りから逸《そ》れたことに気付き、ヴィンセントが執事に尋ねる。

「はい。噂の恋文代筆人の住処《すみか》はすぐそこにございます。……ですが、わざわざヴィンセント様が出向かれなくとも、その者を屋敷に呼びつければよかったのでは？」

「仕事の合間に少し立ち寄るだけだ。別に苦というほどのこともない」

それにもし屋敷に呼びつけた結果、こちらの正体を知った相手に萎縮され、逃げ出されでもしたら困る。

（それに何よりこんなくだらない代物は一刻も早く誰かに押し付けたい）

心の中でそう呟《つぶや》く、それがヴィンセントの本音だった。

街中を進んでいた馬車は、ゆっくりと停車する。

御者によって開けられた扉から外に出たヴィンセントは、目の前の建物を見上げる。

王城へと続く大通りから道を一本外れた場所に建ち並ぶアパートメントの1つ。

ふと鼻腔《びこう》を擽《くすぐ》るのは、傍にあるカフェから漂ってくるコーヒーの香り。

チラリとそちらに目を向けると、テラス席に座っていたうら若き淑女たちと目が合った。

ヴィンセントは彼女たちに軽い会釈と共に極上の笑顔を向ける。

それだけで淑女たちは恥ずかしそうに俯《うつむ》いてしまい、それでもチラチラとヴィンセントの様子を窺っている。

そのまま執事が開けたアパートメントの扉を潜った瞬間、ヴィンセントは顔に貼り付けていた笑顔をさっさと脱ぎ捨てた。

「2階だったか？」

「部屋は202号室とのことです」

「分かった。ここからは1人で行く。お前は馬車で待っていろ」

ヴィンセントは階段を上がり、目的の部屋の前に立つと呼び鈴を鳴らす。

すぐに扉を開けて出てきたのは少年だった。

10を過ぎたくらいの年頃だろうか。中性的で整った顔立ち。身なりは悪くなく、貴族の屋敷で働く使用人が着るような小奇麗な服を着ている。ただ長めの前髪から覗《のぞ》く目つきは少々鋭いというか悪い。どこか性格がひねくれていそうな印象を受けた。

そんな少年は、ヴィンセントの身なりを見て、恭しく頭を下げる。

「これは貴族様。このような貧相な場所に、いったいどのようなご用でございましょうか？」

「ミレディ夫人の紹介で仕事を頼みにきた」

紹介者の名前を聞いて、少年がピクリとなる。

「かしこまりました。それでは《符号》をお聞きしてもよろしいでしょうか？」

符号とは、身分ある貴族が名を伏せて依頼する場合に用いる仮名《かめい》のこと。また今回の場合は、事前に予約していた者であることを示す合い言葉にもなっている。

本来であれば自分で何かしら考えるのが通例であるが、今回は癖のある紹介者により、こう名乗るように言われている。

「……《女心が分からない黒い狼《おおかみ》ちゃん》、だ」

「かしこまりました」

顔をしかめながら嫌々名乗ると、少年はさして気にした様子もなく再び頭を下げた。

「急ぎのご依頼と伺っております、黒い狼様。どうぞ中へお入りください」

室内に通されたヴィンセントは足を止めて視線を巡らせる。

(悪くない部屋だな)

庶民の暮らすこぢんまりとした部屋だが、無駄なモノがなく綺麗《きれい》に片付けられている。

その中でヴィンセントの目を引いたのは、壁一面の本棚に収められた蔵書の数であった。

印刷技術の発展により庶民への普及率は年々高くなっている。それでも決して安くはない書物をこれだけ所有するのは、よほど金回りが良いのか、ただの本好きか。

だが背表紙に書かれたタイトルを見て、ヴィンセントは辟易《へきえき》とした気持ちになる。

古いモノから新しいモノまで並んでいる蔵書のほとんどが、恋愛を題材にした本ばかりだったからだ。

要は古今東西の恋愛小説が並んでいるのである。

恋文代筆人であれば当然なのかもしれないが、そこに何の価値も見出《みいだ》していないヴィンセントからすれば、実に無意味な本棚に思えてならなかった。

「こちらにお座りください」

少年が勧めた席は、部屋の中央に置かれた一人掛けのソファー。

その正面には窓を背にして仕事机が置かれていることから察するに、この場所を訪れた依頼人が座る席なのだろう。

ヴィンセントが腰を下ろすと、少年は「少々お待ちください」と隣接するキッチンへと引っ込んだ。しばらくしてトレーに載せたティーセットを運んでくる。

ソファーの隣に置かれたちょうど良い高さの丸テーブルに、少年は慣れた手つきでそれを並べ、カップに紅茶を注ぐ。

ヴィンセントは立場上、出先で出されたモノにはあまり口を付けないことにしている。だが漂ってくる少し変わった紅茶の香りが気になり、カップに手を伸ばすと、唇を湿らす程度に口を付ける。

（嫌いな味ではないな）

庶民にも手が届く安物の茶葉だが、幾つかの種類をブレンドすることで味に深みを出しているようだ。

「これはキミがブレンドしたのか？」

「いえ、ユーディ先生が。些細《ささい》なもてなししか出来ませんが、少しでもお客様に楽しんでいただければと」

ヴィンセントは少し驚いた。それは少年の言葉の内容にではない。

どこか仏頂面だった少年が、微《かす》かにだが愛らしく、年相応に笑ってみせたからだ。

その微笑には、口にした相手への確かな敬愛が感じられた。

ユーディ。

それが昨今、貴族たちの集まる社交界で密《ひそ》かに囁《ささや》かれ始めた恋文代筆人の名前である。

15年前、現国王に助力したとされる、始まりの恋文代筆人。その威光を笠《かさ》に着るように、このグラダリス王国では恋文代筆人という肩書きが市民権を得ており、今では自らそう名乗る者たちが少なからず台頭してきている。

だがヴィンセントに言わせれば、そのような輩《やから》は胡散臭《うさんくさ》いことこの上ない。

別に王国による審査や資格がある訳でもなく、名乗ろうと思えば誰もが名乗ることができてしまうからだ。要はどこの馬の骨とも知れない有象無象。

これから会うことになっているユーディ何某《なにがし》に関しても、社交界で顔の広い未亡人の紹介というだけで、本当に役に立つかは怪しいモノだ。

とはいえ、藁《わら》にもすがりたい状況であるのもまた事実。贅沢《ぜいたく》は言っていられない。

内心そう考えるヴィンセントが紅茶のカップを置く中、少年が隣の部屋の扉をノックする。

「ユーディ先生。依頼人様がお待ちです」

少年の声に反応するように、扉がゆっくりと開かれた。

現れたのは1人の女性。

目を引くような美しさや華やかさはない。ただキリッとした瞳が印象的で、ピンと伸びた立ち姿からは凛《りん》とした佇《たたず》まいを感じる。

聞こえてくる話では、彼女はヴィンセントと同世代の20代半ばとのこと。

また特徴的なのが、その左手に杖《つえ》を握っていることだ。

心なしか歩みも少々ゆったりしている気がする。

(左足か?)

杖を突いて歩く恋文代筆人の姿から、ふとヴィンセントが連想したのは、かつてあったといわれる貴族たちの悪習だ。

だがそんなことはすぐに気にならなくなる。

「お初にお目にかかります、黒い狼様。恋文代筆人をしておりますユーディと申します。わざわざご足労いただきありがとうございます」

足のことを感じさせずヴィンセントに向かって恭しく膝を曲げるユーディの所作が、流れるように美しかったからだ。

「こちらこそ急な依頼を引き受けてもらい感謝する」

顔を上げた相手に、ヴィンセントはどんな女性もが頰を赤らめるような笑顔の仮面を向けた。

だが予想に反して、ユーディはさして気にした素振りも見せず、礼儀正しくヴィンセントから視線を外すと、自らの仕事机に向かって杖を突いて歩き出した。

「……」

普段自然とやっていることであり、相手の反応をいちいち気にすることもない。

だが、あえて恥ずかしい気持ちにさせてやろうと浮かべた笑顔に対して何のリアクションもないとなると、それはそれで面白くない。

どこか釈然としないヴィンセントが見守る中、ユーディは少年が引いた仕事机の椅子に腰を下ろすと、正面のソファーに腰かけるヴィンセントに向かって、まず語る。

「恋文代筆人の役目を果たすべく、些《いささ》か踏み込んだご質問をさせていただきますことをまずはご容赦いただきたく。またご依頼を完遂するべく、お心の内を正直にお答えくださるようお願い申し上げます。ここでの会話は、天におわします神に誓い、決して口外しないことをお約束いたします」

それは依頼人が貴族であった場合の恋文代筆人たちの前口上であるという。

身分が下である庶民からの願い出として、貴族であるヴィンセントは胸を張り、頷《うなず》く。

「分かった」

「併せて、もう1点。ご覧の通り私は少々足を悪くしております。ですので、簡単な手伝いを助手のリュナに頼みたいと思っております。もし依頼人様にとってご都合が悪ければすぐ下がらせますが？」

「いや、居てくれても構わない」

ヴィンセントの返答を聞き、「ありがとうございます」とユーディは丁寧に頭を下げる。

「それではさっそくご依頼内容をお聞かせ願えますか？」

「頼みたいのは、さる貴族令嬢から送られた恋文に対する返事の代筆だ」

ヴィンセントはポケットから開封されている封筒を取り出す。

スッと近づいてきた少年リュナに手渡すと、すぐにユーディの手元に運ばれる。

「かしこまりました。……では確認の意味も含め、恋文代筆の意義について簡単にご説明させていただきます」

そう前置きをして、ユーディは語り出す。

「グラダリス王国において広がりを見せる恋文文化は、今では庶民までもが高い関心を示し、あらゆる場所で独自の様相を見せております」

少年リュナから受け取った恋文の封筒を掲げながらユーディは続ける。

「その中でも、社交界において恋文を楽しまれる淑女の皆様が重要視されているのは、『それがいかに素晴らしい内容であるか』ということです。つまりその恋文が誰によって、したためられたかというのは、さして問題になりません」

それこそヴィンセントが社交界の恋文文化を好きになれない大きな要因であった。

元来、恋文とは自身の気持ちを意中の相手に伝えるモノである。ならば本人が気持ちを書くのが筋ではないかと考えてしまう。

だが社交界における恋文文化では、それはズレた発想となっている。

描くとも本人が書くことに意味はなく、むしろ不出来は恥と見なされる。

高価な装飾品と同じ類いの贈り物と捉えた方がイメージしやすいだろう。要はオーダーメイドによる一点モノなのである。

贈ろうとする者が、贈る相手の為《ため》にどれだけ素晴らしい品物を用意できるか？

そうして男たちが用意した恋文を話のタネに、社交界の淑女たちは一喜一憂しているという。

もちろん元来通り、当人のセンスで本人が直接恋文をしたためても問題はない。

ただそうした結果、社交界で笑い者にされている紳士諸君が何人もいることをヴィンセントは知っている。

「問題ない。もちろん理解している」

ユーディの説明に対して、ヴィンセントは頷いてみせる。

ただそれは、そういう風潮であることを知っているというだけで、共感している訳では決してない。

逸話において現国王に助力した《始まりの恋文代筆人》がいたことは理解している。

だからといって、男たちにそれを模範とすることを求め、どこか上から目線で判定を下そうとする淑女たちの感性が理解できないし、理解しようとも思わない。

そんな嫌悪感を抱くヴィンセントの前で、封筒から取り出した恋文に目を通すユーディが尋ねてくる。

「黒い狼様は、こちらの恋文にどのようなお返事をされるおつもりですか？」

「恋文をくれた淑女と近しい間柄になりたいと思っている」

ユーディがピクリと反応した。

「……さようで、ございますか」

「恋文代筆人への依頼の仕方については、事前にミレディ夫人から話は聞いている。要点をまとめた下書きも準備してきた。これを元に良《い》い返事を書いてほしい」

「ご丁寧にご準備をありがとうございます」

「ではよろしく頼む」

新たに懐から取り出した返事の下書きを少年リュナに渡すと、ヴィンセントはさっさと席から立ち上がった。

「もうお帰りになるのですか？　まだ細かなお話をさせていただいておりませんが？」

「全て一任する。いつ仕上がる？」

ユーディはしばし考え、こう答えた。

「3日ほどいただければ」

「では3日後、執事に取りに来させる。代金もその時に」

「かしこまりました」

それで用事は終わったと、ヴィンセントは恋文代筆人ユーディの住処《すみか》を後にした。

アパートメントを出て馬車に乗り込む頃には、ヴィンセントの心はすっかり軽くなっていた。

（やっと面倒事から解放された）

このまま計画が次の段階に進みさえすれば、ようやく自分の本領が発揮できる。

今夜はそれなりに気分よく眠ることが出来そうだ。

この時、ヴィンセントは楽観的に、そう考えていた。

2

――女心が分からない黒い狼《おおかみ》ちゃん。流石《さすが》はミレディ夫人、実に的確な嫌みだな。

符号を使い、自らの正体を隠す依頼人が準備してきた下書きに目を通しながら、恋文代筆人ユーディは素直にそう思った。

「お帰りになりました」

アパートメントの外まで見送りに出ていた助手のリュナが部屋に戻ってきたので、ユーディは「ご苦労様」と笑顔で労《ねぎら》う。

「リュナ、悪いのだけど私の部屋から眼鏡を取ってきてもらえるかしら」

実を言うと、今のユーディには周囲の景色がぼんやりと曖昧にしか見えない。

血筋なのか本の読み過ぎなのか、ユーディはかなりの近視なのである。

そんなユーディの頼みを聞いて、リュナが隣の部屋からケースに入った眼鏡を持ってきてくれた。

「どうぞ、ユーディ先生」

「ありがとう」

お礼を言って眼鏡を掛ける。すると視界が一気にクリアになり、目の前に立つリュナの小生意気なすまし顔も、きちんとくっきり見えるようになった。

途端にユーディの顔からキリッとしたこわばりは取れ、自然と肩の力も抜け、全体的にふにゃりとなる。

そんな眼鏡を掛けたユーディの変化を目の当たりにして、リュナが尋ねてくる。

「いつも思うのですが、なぜユーディ先生は依頼人と会われる時に眼鏡を外すのですか？」

「だって、眼鏡を掛けると頼りないとか子供っぽいとか言われるのだもの。恋文代筆人はね、イメージが大事なのよ」

唇を尖《とが》らせながら文句を言ったかと思えば、次の瞬間には指を振り回すように力説してみせる。そんな眼鏡姿のユーディに、リュナは納得した面持ちになる。

「確かに先生は眼鏡の有無で印象がまったく変わりますからね。眼鏡を外されると凛とした仕事の出来る大人の女性。それが眼鏡を掛けた途端、どこかオドオドしながら表情をコロコロ変える頼りなさそうなダメ人間になってしまう」

そんな減らず口を叩《たた》く少年リュナの両頬を、ユーディは引っ張る。

「またそういう意地悪を言って。私はどこからどう見ても立派な淑女でしょ？」

社交界で知られる恋文代筆人ユーディは20代半ばの大人の淑女。

だが実際はそうではないため、化粧や所作などを駆使した創意工夫は重要なのである。

「立派な淑女はいたいけな少年の頬を引っ張ったりはしません」

「いたいけな少年は、そんな子供らしくない屁理屈《へりくつ》を言わないんじゃないのかしら？」

そんないつものやり取りを済ませたユーディは、引っ張ったリュナの頬を優しく撫《な》でてから解放する。

「ところで先生、なぜ3日とお答えになったのですか？　ユーディ先生でしたら今日中に恋文のお返事を仕上げることもできたのでは？」

もっともな質問に、ユーディは肩を竦《すく》めてみせる。

「恋愛と同じで、時間もまた駆け引きの1つ。何事も早ければいいという訳じゃない。中には『たったそれだけしか時間を掛けない手抜き』と判断される方もいらっしゃるのよ」

「なるほど。先ほどのお貴族はまさにそういった輩《やから》のようでしたからね」

「口が悪いわよ、リュナ」

「地方の貧民街出身の捨て子なモノで。以後、気を付けます」

そんな助手に、ユーディは預かった恋文を差し出す。

「ではいつもの通り、この恋文を読んでリュナが感じたことを聞かせてくれる？」

丁寧に恋文を受け取ったリュナは、依頼人の座るソファーに腰かけると、指でなぞるようにしながら恋文の文面を追っていく。

「……まず、こちらの淑女と黒い狼様には面識はありません。宛名と差出人の名前に符号を使われてますから」

リュナの指摘通り、宛名は『美しき漆黒の狩人《かりゅうど》様へ』となっており、手紙の最後にある差出人の名前は『遠くであなた様を見守る数多《あまた》の娘の1人』とある。

加えてその後に並ぶ8桁の数字は、貴族たち御用達《ごようたし》のラルサス郵便社で使われる秘密の通し番号だ。

たとえ相手の素性が分からなくとも、宛先としてその通し番号を書き込むだけで、専属の配達人たちが確実に手紙を届けてくれるようになっている。

「恋文の内容についてはどうかしら？」

「とても感情豊かな方のように見受けられます。ワクワクされながら書かれたであろうことが恋文から伝わってくるようです」

「私もそう思うわ」

「幾つか使われている引用にも覚えがあります。最初の方にあるのは確か、マドリシュの詩集の一篇。……ただ最後のモノについては分かりません」

「そちらは最近、流行《はや》りのお芝居で主役の女性が口にした台詞《せりふ》ね。この前、一緒に見に行ったじゃない」

「……あの公演は、夜も遅く子供が寝る時間だったので、よく覚えていません」

　途中で居眠りしたことをごまかそうとするリュナ。

　ただユーディからすれば、それは当然だろうと思った。ついて行きたいと言い張るので連れて行ったが、リュナの年であの悲劇を理解されたら、それはそれで困ってしまう。

「なるほど。ということは、やはりこちらのご令嬢も、社交界の他の淑女の皆様同様そういう、いうつもりの方なのですね」

　リュナの感想に満足したユーディは、次を差し出す。

「こっちは黒い狼さんが用意してきた返答の下書きよ」

　さっそく目を通したリュナは「こちらはとても分かりやすいですね」と答えた。

何度か書き直された跡が残る下書きを要約すると、『手紙をいただけたこと嬉《うれ》しく思います』『心惹《ひ》かれる内容で、あなたにとても興味を引かれました』『是非お近づきになりたい』『よろしければ今度、お会いしましょう』といったところだ。

「なるほど。見事に認識がズレていますね」

まさにその通り。ミレディ夫人の符号然り、リュナの感想然り。

先ほどの紳士・黒い狼ちゃんはまるで分かっていないのだ。

「そうなると、今回の依頼は……どこか違和感がありますね。なんだろう？」

「真面目なのに不真面目だからじゃないかしら」

「？　といいますと？」

「恋文を受け取り、良い返事をしようとしている黒い狼さんは、わざわざ恋文代筆人に依頼しにきて、さらに要点をまとめた下書きまで持参してきた。でもその実、まったく情熱を持っていない。むしろ恋文の相手をするのが面倒だと思っている節がある」

つまり矛盾しているのである。

「どうやら黒い狼さんにはよからぬ思惑があるみたいよ」

依頼人に対して、あっさりとそう結論付けてみせたユーディの言葉を聞いて、リュナがピクリと反応する。

「ユーディ先生。今回は恋文の見えない裏側からいったい何を感じ取ったのですか？」

両手に持った2つの文面を掲げるリュナに対して、眼鏡姿のユーディは「くふふ」と意地悪そうに笑う。

「内緒。教えてあげない」

「……そういうところが子供じみている、というんですよ」

助手の少年に冷ややかに指摘され、ユーディはムッとなる。

「リュナは子供なのに大人みたいなことを言うわよね」

「子供みたいな大人の面倒を見ていると、子供は大人のようにならないといけないのです」

これに対しては流石に文句を言いたいところだったが、実際リュナに助けられていることが多いのも事実なので、ごまかすようにして咳払《せきばら》いをする。

「とにもかくにも、まずはきちんと正しい作法で恋文のお返事を書きましょうか」

引き出しから便箋を1枚取り出したユーディは、羽根ペンに手を伸ばす。

そうして恋文をしたため始めたユーディの姿をリュナは静かに見つめる。

表情をコロコロと変えながら、送る相手のことを考えるように、楽しそうに恋文を書く。

――それからほどなくして、ユーディは満足そうに羽根ペンを置いた。

「出来た」

「お疲れ様です、ユーディ先生。よろしければ読ませていただいてもいいですか？」

受け取った恋文の内容に丁寧に目を通したリュナは、恋文から顔を上げて微笑《ほほえ》んだ。

「相変わらず先生が書かれる恋文は素晴らしいですね」

そう絶賛したリュナだったが、こうも付け加えた。

「これは間違いなく、お怒りになった黒い狼様が乗り込んでくるでしょうね」

「そうね。きっとカンカンになって怒鳴り込んでくるでしょうね」

素直に同意するユーディは、リュナが淹れてくれた紅茶のカップに口を付けようとした。

だがそこで、思い出したように助手に向かってこう告げる。

「リュナ、少し調べものを手伝ってくれないかしら？」

「ええ、もちろん」

3

あれから1週間後。

街中を勢いよく走る馬車が、ユーディの住まうアパートメントの前で停《と》まり、中から憤慨する紳士ヴィンセントが降りてくる。

ヴィンセントはそのまま足早に階段を上がると、202号室の扉を激しくノックした。

出てきたのは以前と同じ、すまし顔の少年リュナだ。

「これはこれは、女心が分からない様。どうぞ中へお入りください」

リュナ少年の符号の略し方が変わっていることが気になったが、今はそれよりも腹立たしいことがある。

通され部屋の中に入ると、仕事机で作業をしていたユーディが、顔を上げて微笑みかけてくる。

「これは黒い狼《おおかみ》様。ご機嫌麗しく」

「どういうことか説明してもらおうか！」

怒りの感情を露《あら》わに仕事机の前に立ったヴィンセントが、ユーディを睨《にら》み付《つ》ける。

「と、おっしゃいますと？」

「昨日、相手の令嬢から手紙が届いた！　そこには私が先日送った返事で彼女のことをフッたと書いてあり、それを受けて彼女は潔く手を引くと書かれていた！」

「さようですか」

特に気にした様子もないユーディの態度に、ヴィンセントはさらに腹を立てる。

「私が依頼したのは、相手と近しくなる内容だったはずだ！　それが断りの返事を書くなど、いったいどういう了見だ！」

「そのご様子ですと、私が代筆させていただいた恋文はご覧になられなかったのですね」

「ぐっ……見る必要はないと思っただけだ」

先日、ユーディが代筆した恋文の返事を執事が屋敷《やしき》に持ち帰ってきたが、ヴィンセントは見るのも嫌だと確認せず、そのまま先方に送りつけてしまったのだ。

「黒い狼様。先方からのお手紙はお持ちいただいておりますか？」

「もちろんだ！」

ヴィンセントはユーディの仕事机に、懐から取り出した手紙を叩《たた》きつける。

それに素早く目を通したユーディは、にこやかに笑ってみせた。

「どうやら、先方のご令嬢には大変ご満足いただけたようですね」

「どこがだ！　気に入らない返事だったから手を引くなどと言ってきたのだろう！」

そんな怒鳴り声に、ユーディはスッと笑顔を引っ込め、ヴィンセントを見る。

「あえて苦言を呈させていただきますと、それは黒い狼様の見解。この度の結果を気に入らないとされているのもまた、あなた様だけであることをご理解ください」

それは口ごたえどころか、煽《あお》り文句のようにさえ聞こえた。

「平民風情が、貴族の意向を無下にするとどうなるか、分からぬようだな」

腰から下げる剣の鞘に触れ、声を低くするヴィンセント。

だがそんなヴィンセントの姿を前にしても、ユーディは冷静さを崩さない。

「貴族様の代筆人を務める以上、そのことについては十分に理解しているつもりです」

仕事机に立てかけていた自らの杖《つえ》に手を伸ばしながら、ユーディはこう続ける。

「今でこそ恋文代筆人などと華やかにもてはやされておりますが、この手の代筆は古くからありました。貴族様の中には、書かせた恋文が満足いかないと代筆人を鞭《むち》で叩く方もいれば、プライベートな内容ゆえ囲った代筆人が逃げないようにと足の腱を切ってしまわれる方もいたとか」

思わず言葉を詰まらせる。

それは事実であり、実際に杖を突いて現れた恋文代筆人を目にした時、ヴィンセントが連想したのもそのことだった。

それほど歴史的にも近しい貴族たちの悪習だったのだ。

「私が代筆した恋文がお断りの内容だったことは事実。ですがそれこそが、いただいた恋文に対して最大限の敬意を払った結果なのです」

自らの睨みに対して一切物怖《ものお》じせず、真正面から見つめ返してくるユーディの瞳に気圧《けお》されるように、ヴィンセントは思わず一歩後ろに下がる。

「……そこまで言うのなら、説明してもらおうか」

怒りを抑えたヴィンセントは、不機嫌な表情で依頼人用のソファーに腰を下ろす。

するとユーディは「かしこまりました」と語り出した。

「社交界において流行となっている恋文文化。それは、淑女の方々がご縁のない殿方に対して恋文を送ることにあります。ですが、淑女から送られた恋文に対して殿方が良《よ》い返事をするという選択肢は基本ありません。現に黒い狼様も、見知らぬ淑女から受け取った恋文の封を開いたこともほとんどないのではございませんか？」

その問いかけに対してヴィンセントが無言を通したのは、まさにその通りだったからだ。

「それは当然のことかと。歴史ある社交界において女性から男性にアプローチするなど恥知らずもいいところ、常識外れにも程があります。逸話に象徴される現国王と亡き王妃殿下への敬意の手前、淑女たちの戯れと見逃されているに過ぎません」

それについてはヴィンセントも理解している。

貴族の女性は、家の為《ため》にと親が決めた相手と結婚させられるのが常であり、それは今の時代、何も変わってはいない。

「ならば、なぜ淑女たちはそのような無意味な恋文に現《うつつ》を抜かす？」

「だからこそ、ではないでしょうか」

「だから、こそ？」

「叶《かな》わぬからこそ憧れる。自らが望む恋愛をただ夢見るだけ。……それこそが淑女の皆様が紳士の方々へ送られる決して叶わぬ恋文なのです」

貴族としてなに不自由ない生活を送り、綺麗《きれい》に着飾る淑女たち。

だがそれは、社交界で多くの男たちの目に留まるためだ。

彼女たちは皆、そう振る舞うことを義務付けられている。

──私たちはね、誰よりも恋愛に不自由なのよ。

かつてまだ若かったヴィンセントに、そう言われた方がいたことを思い出した。

「殿方から見れば単なる現実逃避に映るかもしれません。実際、社交界では白い目を向けるご年配の方々も多いと聞きます。ですが淑女の皆様は浅はかではございません。誰よりもそれを理解しているのは、当のご本人たちなのです」

「……では、恋文に返事をした者たちが笑い者にされているという話は？」

「受け取った恋文に対して、ただただ色よい返事をしたからです。同じ男性たちからは『女如《ごと》きに尻尾を振る軟弱者』と鼻で笑われ、女性たちもまた『ただの戯れを本気にする空気の読めない男』と嘲笑します」

言葉はそこで途切れるも、「社交界の常識に則《のっと》って仕方なく」といった続きがあることを、暗に感じさせた。

確かにユーディの言う通り、記憶を辿《たど》り思い返してみれば、馬鹿にされていたのは色よい返事をしようとした者たちばかりである。

それこそ今回ヴィンセントがユーディに依頼したように。

ここでようやく理解する。

社交界における淑女たちの恋文文化は、叶ってはならぬことが前提であるのだと。

だからこそ、彼女たちに送られた恋文に対する最大限の敬意とは、断りの返事をすることなのだと。

「もちろん、ただ素っ気なくお断りするのもよくありません。重要なのは、どうお断りするか。そのお返事が、淑女の皆様の綺麗な思い出となるのですから」

それこそが恋文をくれた淑女への何よりの贈り物となる。

ユーディは手にしていた手紙を、ヴィンセントに返すように差し出す。

それを受け取り改めて目を通すと、確かに断りに対する返事と共に、相手からの感謝の言葉が並んでいた。

『見知らぬ私のために、心ある言葉を尽くしてくださいましたこと、たいへん嬉《うれ》しく思っております』

怒りの感情で読み飛ばしていた見落としに、ヴィンセントはここで気付くことができた。

だからこそ、ヴィンセントは気になったことを恋文代筆人に尋ねる。

「……ならもし、本当にその淑女のことを気に入ったならばどうすればいい？」

ユーディの答えはシンプルだった。

「その時は恋文でお断りした上で、あなた様から正式にお声を掛けてあげてください。淑女の皆様は選ばれることしかできないのですから」

社交界の催しは定期的に開かれ、男たちはそこで意中の淑女を探し出し、先方の家に出向き婚約を申し込む。

それが許されているのは貴族の男だけなのだ。

「あとはそうですね。ご自分から改めて恋文を送られるのも1つの方法かもしれません。現国王と亡き王妃殿下に倣おうとする方々は、貴族庶民問わず大勢いらっしゃいますから」

確かによく聞く話である。そして冷静に考えれば奇妙な話だが、男から女性に恋文を送るのであれば白い目を向けられることは一切ない。

ヴィンセントの中で、スッと何かが消えた気がした。

恋文文化への嫌悪感の原因であった淑女たちの心の内を理解したことで、全てのことが腑《ふ》に落ちたのだ。

そんなヴィンセントに、ユーディが改めて尋ねてくる。

「黒い狼様は、恋文を下さったご令嬢に改めてアプローチされる気はおありですか？」

こちらをジッと見つめるユーディは、不思議とヴィンセントの胸の内を知っているように思えた。

だからヴィンセントは素直な思いを口にした。

「いや。ここまでにすべきだろう。夢見る淑女の思い出を汚すのは無粋でしかない」

するとユーディが、ヴィンセントの前でとても嬉しそうに、にこりと笑った。

「やはりあなた様はお優しい方なのですね」

ユーディから向けられた笑顔と言葉は、不思議なほどヴィンセントの心に響いた。

「？　どうされましたか？」

「……いや、なんでもない。気にしなくていい」

軽く咳払《せきばら》いしてごまかすヴィンセントだったが、何にしても目の前の彼女に言っておかなければならないことがあると姿勢を正す。

「声を荒らげて悪かった。認識不足から大きな誤解をしていたようだ」

「もったいないお言葉。こちらも卑しい身分にも拘《かか》わらず出過ぎたことを口に致しました。この機会に淑女の皆様の想《おも》いを少しでもご理解いただけたなら幸いです」

ヴィンセントの素直な謝罪にユーディも恭しく頭を下げた。

これで今回の件は決着が付いた。

……とはいえ、ヴィンセントにとっては、当初の目的が叶わず当てが外れてしまったことは否めない。

(こうなった以上、何か別の方法を考えなければならないな)

そう考えるヴィンセントの前で、ユーディは引き出しを開ける。

「では黒い狼《おおかみ》様。先日お預かりした最初の恋文をお返しいたしますね」

「ああ」

預けていた恋文を、何の気なしに差し出してきたユーディ。

だがそこでふと、こんなことを言い出した。

「そうそう、実はこちらの恋文に一つ面白い表現があったことを思い出しました」

「面白い、表現？」

「ご令嬢が文面で、部屋の窓から見える風景について触れられているのですが、それが少々珍しかったのです」

ユーディが手を挙げると、リュナが王国の地図を持ってくる。

「日の出の美しい海岸沿いに咲き誇る藤色の花畑と、朝日の中を群れで飛ぶ深紅の鳥たち。……あまり見聞きしたことのない組み合わせだったので、少々調べてみたのです。すると、これに該当する場所はミラージュ地方の海岸沿いだけであることが分かりました」

「！」

「流石《さすが》は貴族様。さぞ素敵な別荘をお持ちのようで、庶民としては羨ましいかぎりです」

それを聞いた瞬間、ヴィンセントはソファーから立ち上がり仕事机に駆け寄ると、ユーディから恋文を受け取る。

問題の箇所を確認し、それが事実だと理解した途端、微笑《ほほえ》む恋文代筆人を凝視する。

数多《あまた》の考えがヴィンセントの頭の中を駆け巡った。

だがそれ以上に、込み上げてくる感情を抑えることができなかった。

「改めて名を聞きたい」

たまたま仕事を依頼した相手としてではなく、一人の女性として彼女に尋ねる。

「ユーディとだけ覚えていただければ」

だからこそ、自らも名を名乗る。

「ヴィンセント・オウル・ロウワードだ」

その名を聞いた途端、傍《そば》に立っていた少年リュナが「びくり」と反応したのが分かった。

だがユーディは、「まあ」と少し驚いてみせたといった余裕ある態度で微笑み返してくる。

「かしこまりました、黒公爵様」

自分が誰なのか知ってなお畏れを感じさせない太々《ふてぶて》しい態度が余計に気に入った。

故に返してもらった恋文を掲げ、こう告げる。

「この礼は必ずさせてもらう」

ヴィンセントは恋文代筆人の部屋を後にした。

＊＊＊

礼儀として、ヴィンセントをアパートメントの前まで見送った助手のリュナが戻ってくると、眼鏡を掛けたユーディが呆《ほう》けていた。

「先生、依頼人がお帰りになりましたよ」

「……リュナ。聞いてもいいかしら？」

「？　なんでしょうか？」

「私の聞き間違いじゃないわよね？　もしかしなくても、女心が分からない黒い狼ちゃん、というのは噂の黒公爵だったということよね？」

「何を言っているんですか、さっき自分でもそうおっしゃっていたじゃないですか」

するとユーディはカタカタと震え出し、その顔はどんどんと真っ青になっていく。

「……どうしよう、リュナ。これってとってもマズいよね？」

涙目になっている眼鏡姿のユーディを目の当たりにし、リュナは呆《あき》れたため息を吐く。

「さっきまでの威勢はどこにいったんですか？」

「仕事モードだったからに決まっているでしょ！　内心では思いっきり悲鳴を上げていたわよ！　だって黒公爵といったら、このグラダリス王国一の極悪人じゃない！」


――グラダリス王国には、王家に忠義を尽くす4つの公爵家がある。

アクト家、ブルーム家、クレセント家、ユエ家。

だが実際には、王族に次ぐ血統たる公爵家は5つ存在する。

その最後の公爵家こそがロウワード家である。

王国内に広い領地を持つ四公爵家と違い、不忠の誹《そし》りを受けるロウワード家は狭い領地しか与えられていない。

にも拘わらず、ロウワード家はグラダリス王国において、王族に次いで強い影響力を持つとされている。

その原因は、ロウワード家の生業にある。

グラダリス王国の建国以来、その地位にあるロウワード家には黒い噂《うわさ》が絶えない。

表向きは伝統ある公爵家。しかしその実態は、王国の裏社会を牛耳るマフィアの元締めなのである。

故に代々ロウワード家の当主となった者は《黒公爵》の渾名《あだな》で呼ばれている。

そして現在、若くしてその地位に就いた人物こそヴィンセント・オウル・ロウワード。

ロウワード公爵家の歴史において、もっとも非道で残虐な黒公爵と噂される、美しき麗人である。

4

数日後の夜半過ぎ。

ロウワード家の屋敷《やしき》玄関に馬車が停《と》まる。

「おかえりなさいませ、ヴィンセント様」

片眼鏡の若き執事レンは、数日ぶりに戻った主を出迎えた。

厳重な造りの鞄《かばん》ケースを片手に馬車を降りたヴィンセントは、長い廊下を歩きながら執事に尋ねる。

「俺が留守の間に変わったことは？」

「よくあるイザコザが少々。強いてお耳にいれることはございません」

「そうか」

執務室に戻ると手にしていた鞄ケースを机の上に置き、椅子へと身体《からだ》を沈める。

「首尾よく進んだご様子で、何よりでございます」

「ああ、良《い》い脅迫《こうしょう》ができた」

今回、ヴィンセントが標的としたのは、地方領主であるコルトン子爵。

領地で税をちょろまかし他国との小さな裏取引で私腹を肥やすという、よくいる小悪党であり、先日の恋文を送ってきた令嬢の父親でもある。

ロウワード家に言わせれば、取るに足らない小物であり、普段であれば見向きもしない。

しかし先日、とある代物を所有していると耳にした途端、コルトン子爵は黒公爵の獲物となった。

手の者に調べさせた結果、目的の代物を所有しているのは間違いない。ただ快く譲り受けるための材料となる、悪事の拠点の場所がどうしても掴《つか》めずにいたのだ。

力尽くは美学に反する。とはいえ、まごついている間に誰かの手に流れれば面倒になる。

そんな中、ヴィンセントはふと、社交界の淑女たちから受け取った数ある恋文の中に、コルトン子爵令嬢からのモノがあったことを思い出した。

当初の予定では、恋文をきっかけに令嬢に近付き、彼女からそれらしい場所を聞き出すつもりだった。

しかしその目論見《もくろみ》は、依頼した恋文代筆人の想定外の行動によりとん挫する。

だが同時に、件《くだん》の恋文代筆人が恋文の中から拾い上げた情報によって、期せずして探していた悪事の拠点・コルトン子爵家の隠し別荘にたどり着く結果となった。

(欲しかった情報が手にしていた恋文の中に隠れていたなんて、笑えない話だ)

内心でそう思い、深いため息を吐くヴィンセントを見て、レンが伺いを立ててくる。

「何かご用意いたしますか？」

「強めのを頼む。少し酔いたい気分だ」

「かしこまりました」

執事が持ってきたのは、年代物のウイスキー。

ロックグラスに少し注がれた熟成された至宝を、ヴィンセントは一気に喉に流し込む。

芳醇《ほうじゅん》な香り、身体の内側を駆け巡る心地よい熱によって、これまでの疲れが吹き飛び、目的を成し遂げた高揚感に拍車がかかる。

そんな中、寡黙な執事がチラチラと持ち帰った鞄ケースに視線を向けていることに気が付いた。

普段、完璧に仕事を熟《こな》す異国生まれの執事は、様々な国の伝統や逸話に興味を惹《ひ》かれる歴史好きでもある。

であるからこそ、コルトン子爵から手に入れた代物が気になって仕方がないのだ。

「見たいか？」

「是非」

ロックグラスを机に置き、鞄ケースの仕掛け鍵を開錠したヴィンセントは、厳重な鞄をゆっくりと開く。

丁寧に保管されていたのは、封筒に入った1通の手紙。

正確には、それは恋文である。

――だがただの恋文ではない。

「これが……」

「ああ、4通目だ」

グラダリス王国の民ならば誰もが知り敬愛する逸話がある。

それは15年前に実際にあった出来事であり、その逸話には、主役とされる現国王が今は亡き王妃殿下に送ったとされる7通の恋文が登場する。

その人柄で誰からも慕われた王妃殿下は、「この恋文たちは私の大切な宝物なの」と語り、生涯大切にされていた。

——悲劇は8年前、突如として起こった。

離宮が大火事となり、王妃殿下が亡くなられたのである。

そして、その大火により7通の恋文もまた、炎に呑《の》み込まれ焼失したとされていた。

だが実際には灰になっておらず、その4通目が今ヴィンセントたちの目の前にある。

「管理は厳重に。これはグラダリス王国の過ちを正す重要なカギとなる」

「かしこまりました」

鞄ケースを持った執事を下がらせ、1人になったヴィンセントは今回のことを振り返る。

ヴィンセントはグラダリス王国において広がりを見せる恋文文化から距離を取っていた。

その要因の1つとしてあったのが、社交界における恋文文化への認識だった。

綺麗《きれい》に着飾ることばかり気にして中身が伴っていない。意に沿わなければ陰口を叩《たた》き嘲笑する。陰険で醜悪なその様は、社交界を席巻《せっけん》している貴族たちの姿そのものではないか。

そんな否定的な見方をしていたからこそ、流行に興じているだけの淑女の1人から情報を引き出すことに何の躊躇《ちゅうちょ》も抱かなかった。

だが恋文代筆人ユーディの話を聞いた時、自らの過ちに気が付いた。

そして彼女に「どうするか？」と問われた時、想像してしまったのだ。

もし予定通りに事を進めれば、恋文に込めた思いを利用されたと気付いた令嬢は、心に深い傷を負うことになる。

それはしてはならないことだ。

あの時に頭を過《よぎ》った気持ちを思い出したヴィンセントは、ついため息を零《こぼ》す。

(貶《おとし》める相手を気にしてどうする。世間で噂される黒公爵であれば、そんな些細《ささい》なことなど気にはしない)

自らを叱咤《しった》する感情から、自然と言葉が零れる。

「俺もまだまだ、だな」

そう反省するからこそ、ヴィンセントはこうも考える。

今回コルトン子爵令嬢の心を守ったのは間違いなく、あの恋文代筆人ユーディであると。

「恋文文化……少し甘く見ていたようだな」

現国王と亡き王妃殿下の逸話によって芽吹いた些細な風潮だと思っていた。

ただこの流行は一過性のモノには留《とど》まらず、貴族のみならず庶民の間にも広がり、様々な形でこのグラダリス王国に定着しつつある。

先日ユーディが口にした社交界における恋文文化についても、そうだ。

確かに淑女たちがしたためる恋文は、叶《かな》わぬことが前提なのかもしれない。

ただその前提には、隠されている事実があることを見落としてはならない。

『淑女の皆様は浅はかではございません』

ユーディの言葉を思い出し、ヴィンセントは苦笑する。

「確かにその通りだな」

叶わぬことが前提であり、無視され断られるのが当然。色よい返事をしてきた紳士に対しては陰口を叩いてもみせる。

なるほど、確かに淑女たちの姿勢は、社交界の習わしを尊重しているように見える。

だが蓋を開ければ、淑女たちが書いた恋文が男たちを動かすきっかけになりえることは間違いない。

恋文代筆人であるユーディは、これを儚《はかな》い美談のように語っていたし、実際、彼女はそう思っているのかもしれない。

だが社交界を知り尽くし、貴族という生き物を熟知するヴィンセントの見解は違う。

その裏にある思惑と可能性を正しく感じとっていた。

社交界、ひいては貴族の常識に根付く男尊女卑の価値観は変わらない。女性たちに発言権はほとんどなく、家の為《ため》にと道具として扱われることも多い。

だがそんな彼女たちは、恋文文化という彼女たちだけの手段を得た。

変わらず男たちの後ろに控えながら、それでも男たちの動向を左右させる可能性を秘めた自らの言葉を。

ほとんどの淑女たちも、ただの流行としてしか捉えず、まだ気づいていないかもしれない。だが男たちに軽視され見過ごされている程度の流行は、遠くない未来、間違いなく彼女たちにとっての武器となる。

おそらくそれこそが、社交界における恋文文化の行く末なのだろう。

当然、分かって先導している者たちがいる。目先の利益と権力争いに躍起になっている男どもよりも、自分たちの立場と在り方について考え、未来を見据え準備を進める女性たちが。

これから先、恋文文化が社交界でどのように広がっていくのか、ヴィンセントには分からない。

ただ間違いなく、女性たちの美しく優雅な変革は始まっているのだ。

そう考えるからこそ、その兆しを生み出した人物のことを考えずにはいられない。

今は亡き王妃殿下の存在である。

隣国より輿入《こしい》れされた利発な王妃殿下は、良くも悪くも男女のしがらみにとらわれない発想の持ち主だった。

社交界の常識を無視し、何に対しても積極的な姿は新鮮で、彼女に憧れた女性は多い。

「……やはり亡き王妃殿下は偉大であらせられる。亡くなられてから8年が経《た》つというのに、そのお志は今なお王国の常識を変えつつある」

どこか感傷的な気持ちを抱くヴィンセントは、改めて目の前にある課題について考えを巡らせる。

広がりを見せる恋文文化は、社交界に留まらずあらゆる場所でその根を張り巡らせている。

だがこれまで距離を取り続けてきたヴィンセントは、あまりに見識がなく、加えて嫌悪感……いや、苦手意識も未《いま》だ拭えていない。

それは、亡き王妃殿下が遺《のこ》した恋文捜しを進める上で、ひいては新たな黒公爵として歴代続くロウワード家の使命を果たすためにも、致命傷になりかねない。

(何か手を打つ必要がある)

その時、ヴィンセントの脳裏に浮かんだのは、杖《つえ》を手にした恋文代筆人の彼女だった。

教訓、反省、認識の至らなさ。

今回の一件で彼女に助けられ、得たモノは多い。

――だがそれ以上に、ヴィンセントはユーディに対して思うところがあった。

「彼女が俺に与えた最後の助言は、間違いなく意図的なモノだった」

ユーディが提示した隠し別荘の情報は、確かにヴィンセントの欲しい答えだった。

だがそれは彼女がヴィンセントの思惑を知っていなければ出てこない選択肢だ。

つまり、彼女はヴィンセントがコルトン子爵の拠点を探していたのを見抜いていたということになる。

「……だがそんなことが可能なのか？」

最初に依頼に持ち込んだ際の短いやり取りで、それを見抜かれる要素は微塵《みじん》もなかった。

つまり彼女がそれを知りえたはずがないのだ。

（ならいったい、どうやって見抜いた？）

考えても答えの出ない疑問に、ヴィンセントの口から自然と言葉が漏れる。

「恋文代筆人ユーディ……彼女には何か秘密がありそうだ」

その時、執務室の扉が開いた。

部屋の主の許しも得ずに勝手に入ってきたのは、華やかさを纏《まと》った見目麗しい美女。

美女はそのままヴィンセントの元にやってくると、置かれたロックグラスが空になっていることに気付き、何も言わずに慣れた手つきで琥珀《こはく》色の至宝を注ぐ。

そして好き勝手にさせているヴィンセントの顔を覗《のぞ》き込むとクスリと笑った。

「良《い》い表情をしているわね」

「どんな顔をしている？」

「気に入った何かを見つけた時の顔。どうやって手に入れるか？　それを考えている時、ヴィンは一番楽しそうに見える」

長い付き合いの美女の言葉を、ヴィンセントは否定するつもりはなかった。

そんなヴィンセントの心境を代弁するように、美女は妖艶な唇を開く。

「欲しいモノは必ず手に入れる、それがロウワード家の流儀よ」

「ああ、もちろん分かっているし、そのつもりだ」

5

その日の朝……というか日の出前の早朝から、眼鏡姿のユーディは鼻歌交じりにテキパキと手を動かしていた。

「ユーディ先生。随分とご機嫌ですね」

手伝ってくれているリュナに、ユーディは微笑《ほほえ》む。

「もちろんよ、こんな晴れやかな気分はそうそうないわ」

「まあ、やっていることは夜逃げの準備ですけどね」

リュナの言葉通り。ユーディたちは現在、荷造り真っ最中であった。

「ねぇ、リュナ。グラダリス王国庶民が健全に暮らす上で、深く関わってはいけないものがあるのだけれど、それがなんだか分かるかしら？」

笑顔のまま、だけどどこか怖い雰囲気を醸し出すユーディの質問にリュナは考える。

「普通に考えれば、お貴族とマフィアでしょうね」

「なら私に対して『礼はするから、きっちり覚えておけ』的なことをおっしゃった黒公爵様はいったいどこの何者かしら？」

「格式高い貴族様であり、ついでにマフィアの元締めですね」

「そこまで分かれば、今の私の心中をお察しいただけるかしら？」

「眼鏡を外せば大胆不敵。でも眼鏡を掛けたら単なるビビりなユーディ先生が、嬉々《きき》として逃げ出すには十分ということですね」

「そういう風にも捉えられなくもないから、あえて否定はしないでおくわ」

いつも通りの言葉の応酬。その中で、リュナが続けてこう言った。

「それにしても、あの黒公爵の興味を引くことになるとは、流石《さすが》はユーディ先生。恋文代筆人としての実力もさることながら、やはり先生だけの特別なお力は凄《すご》いですね」

「……そうね」

どこか気のない返事をするユーディは、数日前のことを思い出していた。

黒公爵からの依頼が片付いてすぐ、ミレディ夫人に会いに行ったときのことを。

「あらあら。あんな素敵な殿方に見初められるなんて、ユーディも隅に置けないわね」

通された個室で振る舞われた紅茶とクッキーを前に、今回の顛末《てんまつ》を報告した眼鏡姿のユーディ。その話を聞いて、赤が基調の艶《あで》やかなドレスを纏う貴婦人は、手にした扇で口元を隠すようにしながら楽しそうに笑っている。

(そんな素敵な殿方に『女心が分からない黒い狼《おおかみ》ちゃん』なんてふざけた符号を付けてみせたミレディ夫人も流石ですけどね)

その女性ミレディ夫人を前にして、ユーディは心の中だけで反論する。

誰もが名前を聞いただけで恐怖し震え出す黒公爵相手に、この未亡人は本当に怖いもの知らずである。

「夫人のご助力もあって恋文代筆人としてようやく社交界で認知されるようになり、これから少しずつ探りを入れていくつもりだったんです」

「もちろん分かっているわ。だから影響力のある相手からの秘密の仕事を紹介したつもりだったのだけれど……まさか堂々と名乗られるほど気に入られるとはね」

ミレディ夫人は、ゆっくりと紅茶を口にし、それからユーディに向かって目を細める。

「無知な依頼人が恥をかかぬよう配慮した上で、夢見る令嬢の気持ちも守ってみせた。単に恋文代筆人というだけでなく、実にあなたらしい素敵な仕事ぶりだったと思うわ」

「ありがとうございます」

「だからこそ分からないの。なぜあなたが令嬢の心を弄ぼうとしていた悪人に助言をしたのかが」

思わず言葉を詰まらせる。

「……それは、その……」

「やっぱり顔かしら？」

「違います！　というか仕事中は眼鏡を外しているから見えないのをご存じじゃないですか！」

「一度はっきりと見ておいた方がいいわよ、潤うから」

何が、とは絶対に聞こうとは思わない。

そんなムキになるユーディに、ミレディ夫人は改めて問いかけてくる。

「ならやっぱり、あなただけが持つ特別な力が原因かしら？」

自らの特別な力を知る数少ない1人であるミレディ夫人に尋ねられ、ユーディは俯《うつむ》き、口を閉ざす。

その姿に、ミレディ夫人はため息を吐く。

「あなたが何を感じ取ったのか私は知らない。でもあなたが今、自分の行いが賢い選択ではなかったと後悔していることは理解しているつもりよ」

「……はい」

俯いたままのユーディの前で、ミレディ夫人は広げた扇で口元を隠す。

「誰にも知られてはならない素性を持つあなたからすれば、確かに嬉《うれ》しくない状況ね」

「……」

「なにせあなたは、貴族でありマフィアの元締めでもあるロウワード公爵家が、自分から全てを奪ったあの出来事に関与している可能性が高いと疑っている」

ミレディ夫人の言葉に、ユーディは静かに頷《うなず》く。

「ユーディ。今更だけど、もう一度だけ聞くわ。こんな危険なことは止《や》めて、誰にも知られず静かに暮らすつもりはない？」

かつて何度もされた問いかけに、ユーディは顔を上げ、首を横に振る。

「お心遣い感謝します。でも私は家族とその思い出を忘れることはできません。全てをなかったことにして生きていくこともできません」

そんなユーディの覚悟を聞き、ミレディ夫人は目を伏せながら小さく何度か頷き、やがて広げていた扇を閉じた。

「……分かったわ、何か考えてあげる」

「本当ですか？」

「悪い狼に目を付けられた愛らしい雛鳥《ひなどり》を放っておくほど、私は薄情者ではないつもりよ」

「ミレディ夫人。ありがとうございます」

笑顔を取り戻したユーディに、ミレディ夫人もまた、いつも通りの微笑みを浮かべる。

「任せておきなさい。私が今までユーディのためにならない事をしたことなんてあったかしら？」

どこか狐《きつね》を彷彿《ほうふつ》とさせる茶目っ気溢《あふ》れる笑顔を向けられた瞬間、ユーディの表情は凍り付き、目が泳ぎ始める。

「……そ、そうですね」

ミレディ夫人に命を救ってもらってから、の8年間を思い返し、ユーディはなんとなく言葉を濁した。

そんなミレディ夫人からの言伝《ことづて》を持った使用人が、ユーディの元にやってきたのは昨晩のこと。

さる貴族から「恋文代筆人ユーディをお抱えにしたい」という話があったというのだ。

しかも屋敷《やしき》への住み込みであり、ミレディ夫人曰《いわ》く「そこはグラダリス王国で最も安全なお屋敷よ」とのことだ。

黒公爵から身を隠すのに、これほどの好条件はない。

(ありがとうございます、ミレディ夫人!)

心の中で感謝する眼鏡姿のユーディは、この話に一も二もなく飛び付いた。

――結果、現在の夜逃げに至るという訳だ。

「ユーディ先生、大丈夫ですか?」

心配そうなリュナの言葉に、ハッとなったユーディは、いつの間にか止まっていた手を慌てて動かし始める。

「なんでもないわ。ほら、アレよ、アレ。マフィアの人たちって強面《こわもて》ばかりでしょ? だからもし黒公爵がそんな人たちを引き連れてやってきたら、きっと私は卒倒しちゃうだろうなって思っただけよ」

「まあ確かに、ユーディ先生なら十分ありえますね」

おどけてみせたつもりが、リュナの言葉がグサリと突き刺さる。

「……相変わらず遠慮がないわね、リュナは」

「なにせ弟子ですから」

「弟子は師匠を敬うものじゃないの?」

「敬ってますよ。ただ師匠がだらしないと弟子はこうなるのです」

まったく、ああいえばこういう。

1年前、ボロボロの恋文を片手にやってきた、ユーディにとって初めての依頼人となった浮浪者の孤児は、問題が解決した後も弟子になると言い張り、そのまま居座っている。

そんなリュナに手伝ってもらいながら、ユーディはてきぱきと荷造りを終えた。

「これでよし」

「本棚の本は全て置いていかれるのですか？」

「ほとんどがミレディ夫人からお借りしたものだから。内容は全て頭に入っているしね。後日、引き取っていただける手はずになっているわ」

「それで荷物は鞄《かばん》ひとつだけですか」

最後に自身の手帳を収めて、ユーディはトランクの蓋を閉じる。

「いいことリュナ。人が持てるモノは限られているの。だから私は両手で持ち運べるものしか持たないことにしている。荷物は片手で運べるトランクに詰められるだけ。それとリュナの手。それで私の両手はいっぱいよ」

裏表なくそう答えるユーディの言葉に、リュナは嬉しそうに笑う。

「そうなると、先生に繋《つな》いでいただいたのとは反対の、僕の手が空きますね」

すでに自分の荷物をまとめたリュックを背負うリュナが、空いている左手を振ってみせる。

「……確かにそうね。なら何かもう1つくらい、持っていけるわね」

「では、先ほど先生が作られたサンドイッチを、ランチボックスに詰めていくのはどうでしょう？」

ユーディは微笑《ほほえ》む。

「素晴らしい提案ね。そうしましょう」

出立の為《ため》の支度は滞りなく終わった。

ユーディはトランクを右手に持ち、杖《つえ》を小脇に抱えると、残った左手でリュナの手を引く。

そのままアパートメントの外に出ると、すでに1台の馬車が停《と》まっていた。

「恋文代筆人のユーディ様ですね。お迎えにあがりました」

恭しく頭を下げる御者に礼を言ってユーディたちは馬車に乗り込む。

日が昇り王都の道を馬車がゆっくりと走り出した。

――恋文代筆人ユーディはある特別な力を持っている。

目を通した文章から書き手の心情を読み取ることができるのだ。

ただそれは、書かれた文章を読解することによって筆者の心情を推測する、といった普通の領域の話ではない。

もっと直接的で感覚的な意味合い。

目にした文章から書き手の心情がダイレクトに伝わってくるのである。

書き手がその文章を書いた時、何を思い、何を考えていたのか。

まるで共感覚《リンク》するように、書き手の思考が頭の中に浮かび上がってくるのだ。

それは文字通り一種の超能力。

故にユーディは、文面には存在しない書き手の真意と裏側を感じ取ることができるのである。

とはいえ、手書きの文章であるならなんでも分かる、という話ではない。

あくまでも書き手が何かしらの強い気持ちを抱いて書いた文章に限る。

それこそ好いた相手のことを想《おも》ってペンを走らせる恋文のように。

今回もそうだった。

ユーディは預かった令嬢の恋文に綴《つづ》られた文章の数々から、その想いを読み取った。

同時にその裏では、ペンを手にした彼女が思い抱く気持ちを感じ取っていた。

あたかも自分自身のことのように、それこそ感情が重なり合うと錯覚するほどに。

そしてもう1つ。

依頼人から受け取った返事の下書きからも、彼の気持ちを読み取れてしまったのだ。

ユーディにとって、それは予想外のことだった。

なぜなら今回の依頼人は明らかに熱意がなく、恋文の返事に対して真摯に対応するつもりがない、と察していたからだ。

しかもユーディが感じ取ってしまったのは、まったく色気のない本音であり、同時に思惑潜む裏側だった。

『令嬢に近付き、その父親がひた隠しにしている悪事の拠点を聞き出す』

最低だと思った。

理由はなんであれ、自分に好意を寄せてくれた令嬢の想いを利用しようとすることは許せない。素直にそう思った。

ただそれと同時に、彼が抱く2つの強い感情が流れ込んできた。

覚悟と孤独。

そう一括《くく》りに単語にするのは簡単だ。

だが示す言葉は一緒でも、必ずしもそれが同じ意味合いであるとは限らない。

人によってその印象と解釈が違って見えるように。それこそ「青」と呼ばれる色彩にも、澄んだ「空色」と深い「藍色」があるように。

——似ていたのである、その感情の色彩が、あの人と。

その後、激怒して乗り込んできた依頼人に対してユーディは言葉を尽くした。貴族からの厳しい仕打ちを受ける覚悟を持って。

そんなユーディの話に、彼は耳を傾け、「どうするつもりか？」という自分の問いに対して誠実さを見せてくれた。

だからユーディは、あらかじめリュナの手を借り調べ上げていた情報を、さりげなく伝えることにした。

令嬢の恋文にあった文面の引用と、能力により感じ取った『家族だけしか知らない秘密の別荘』という令嬢の内心。この2つを組み合わせて導き出していた、その場所を。

相手が黒公爵と呼ばれる男だとは知らずに。

――なぜそんな余計な助言をしたのか？

ただ何かしてあげたかったのだ。理屈も何も関係なく、ただ感情的に。

でもそれは、単に重ね合わせてしまっただけだ。

あの感情の色彩を秘めたままいなくなった、自分にとってかけがえのない存在と。

そして自らの心にある、決して叶《かな》わぬ願望という穴を埋めようとしただけにすぎない。

軽はずみな行動だったと反省しているし、単なる自己満足でしかなかったと後悔もしている。

でも、今も心のどこかであの色彩を胸に秘める黒公爵のことを気にしている自分がいる。

庶民のことを「平民」と蔑み、好きに弄び使い捨てる貴族という特権階級であり、裏社会を支配し誰からも恐れられる男が、なぜ心の奥にその感情を抱いているのか？

そこまで考えて頭を振る。

「リュナ、ランチボックスをちょうだい」

「もうお腹《なか》が空いたんですか？　ユーディ先生は食いしん坊ですね」

「そうね。私は食いしん坊だから全部1人で食べることにするわ」

ニヤリと笑うユーディの言葉に、リュナが慌てる。

「その……ユーディ先生の作ってくださるサンドイッチはとても美味《おい》しいので、1つくらい分けてもらえると嬉《うれ》しいのですが……」

そんなリュナの姿に微笑み、こう提案する。

「サンドイッチは4つあるから半分ずつ食べましょう」

いつも通りに笑い、いつも通りに振る舞う。

（黒公爵に抱いた好奇心は忘れるべきだ）

なぜなら、あの男こそが自分から全てを奪った仇敵かもしれないのだから。

サンドイッチを頬張りながら、城下町の景色を見る。

「この景色ともしばらくはお別れね」

今回お抱えの話をくださったのは、小さな領地を持つ貴族様なのだそうだ。

おそらく地方の小貴族。これから向かう場所は自然豊かな場所に違いない。

ユーディの頭の中に思い浮かぶのは、暖かな日差しに照らされた風がそよぐ草原だ。そんな草原にある立派な木の木陰にシートを敷き、紅茶とクッキーを楽しみながら、のんびりと読書をして過ごす。

(楽しみだな)

そんな素敵な未来を思い描くユーディの表情が自然と綻ぶ。

――しかし、そんなのは儚《はかな》い妄想であったことを、ユーディはすぐに理解することとなる。


馬車はユーディの予想に反し、なぜか王都の外へは向かわず城下町の中を進んでいく。

華やかで美しさがある王城通りから離れ、色褪《いろあ》せた殺風景な下町へと入り、さらに治安が悪いとされる区画へと入っていく。

「懐かしいな。王都に流れ着いてすぐの頃は、この辺りをねぐらにしていたんですよ」

地方都市から流れてきた流民のリュナは、サンドイッチを頬張りながら懐かしそうに窓の外に目を向けている。

15年前、現国王と隣国より輿入《こしい》れされた亡き王妃殿下の婚姻によって戦争が回避されたグラダリス王国では、平和な治世が続いているとされている。

しかしそれは戦争が起こらなかったというだけで、王国の内情は決して明るくはない。各地で圧制を敷く貴族たちから逃れるように王都に流れ着く者たちが後を絶たず、王都の貧民街が徐々に広がっているという。

まだそこまで大きな問題は起こっていないが、王都の治安について不安がる声も多い。

……などという王都の実情はどうでもいい。

今ユーディにとって問題なのは、なぜこの馬車がそんな場所を進んでいるかということだ。

地方から流れてきた難民たち、さらに下町から追い出されたゴロツキや犯罪者たちまでもが隠れ潜むと言われるこの辺りのスラム街は、通称『暗黒街』などとも呼ばれている。

(この先にあるものと言えば……)

ユーディの脳内に最悪の想像が浮かび始め、それは外れることなく現実となる。

朝靄《あさもや》の中を進む馬車の向かう先に現れたのは、歴史を感じさせる立派なお屋敷《やしき》。

「リュナ、あそこはもしかしなくても……」

「ロウワード公爵家のお屋敷ですね」

ユーディたちを乗せた馬車が屋敷の正門に近付くと、何者の侵入も許さないであろう頑丈な鉄門がゆっくりと開き始め、馬たちは足を止めることなく通過する。

そして馬車が敷地《しきち》内に入ると同時に、背後で鉄門がゆっくりと閉じていく。

まるで何人《なんぴと》たりとも逃がさぬように。

広い敷地を進む馬車は、そのまま大きな屋敷の正面玄関前に停車。御者台から降りてきた御者が、ゆっくりと馬車の扉を開ける。

「到着しました。ささ、恋文代筆人様。我らの主・黒公爵様がお待ちでございます」

ここまで運んでくれた御者がニヤリと笑うと、歯が何本も抜けていた。

トランクを手に先導するリュナに続くように、眼鏡を外して杖を片手に歩くユーディは、玄関前に立つ。

するとひとりでに屋敷の玄関が開かれ、ロビーには執事服に寄せた黒服を着た使用人たちがズラリと並んでいた。

その誰もが体格良く、誰もが堅気ではなさそうな強面《こわもて》ばかりである。

「なるほど。確かにミレディ夫人のお言葉通り、ここはグラダリス王国でもっとも安全なお屋敷のようですね」

リュナの言う通り、マフィアの本拠地であるロウワード家の屋敷を襲撃しようとする者などいはしないだろう。

一方で、表面上は凛《りん》と佇《たたず》むユーディだったが、内心では頭を抱え涙していた。

黒公爵から身を隠すはずが、まさか黒公爵の屋敷に送り込まれることになるとは思っていなかったからだ。

(どういうことですか、ミレディ夫人！)

脳内に浮かぶ、「うふふ」と笑うミレディ夫人に向かってユーディは叫んだ。

「よく来てくれた、恋文代筆人ユーディ」

その聞き覚えがある声に、思わず背筋がピンと伸びる。

眼鏡を外しているユーディは、周囲がぼやけはっきり見ることができない。

だからこそ一度聞いた声は決して忘れないようにと心掛けている。

強面の使用人たちの間を、こちらにやってくる相手に向かって、ユーディは微笑む。

「お声を掛けてくださったのがあなた様であるとは驚きでした、黒公爵様」

悲鳴を上げたい本音を隠し、優雅に振る舞うユーディの前に立った男は、誰もが目を奪われる見目麗しき貴人にして、この屋敷の主。

「先日は大変世話になった。是非その礼をさせてほしい」

そして黒公爵ヴィンセントは、ユーディに対してこう告げた。

「キミには私の恋文代筆人になってもらう」

夜の街において
それは、限りある
逢瀬を重ねる女と
男を繋ぐ糸となる。

高級娼婦の恋文選び

The black duke's
love letter writer

{ E P I S O D E 2 }

第2話　黒公爵との契約

1

――逃げ出したい。今すぐここから、逃げ出したい。

杖《つえ》を手にゆったりとした足取りで廊下を進む、恋文代筆人ユーディ。

顔には知的な微笑を浮かべながらも、内心ではそんなことをひたすら考えていた。

ユーディと隣を歩く助手の少年リュナがいるのは、ロウワード公爵家の邸内。

貴族が住まう歴史ある立派なお屋敷であり、明け透けに言ってしまえばマフィアの本拠地でもある。

「ユーディ先生。一応お伝えしておくと悪人面の男たちがズラリと並んでいます」

預けたトランクを手に隣を歩くリュナが、周囲に気取られないよう小声で呟《つぶや》く。

「なんとなく察しているわ」

同じように小声で返すユーディは、眼鏡を外しているため周囲の景色がぼやけ、はっきり見ることはできない。

　それでも廊下の端に並ぶ黒服を着込んだ使用人の男たち（強面ばかりで絶対に堅気ではない）から、睨《にら》まれるような視線を肌で感じている。

「ユーディ先生のことですから、眼鏡を掛けたら一発で卒倒しそうですね」

「なら見えなくても大丈夫なように手伝ってくれるかしら？」

「もちろん、そのつもりです。今ユーディ先生に倒れられたら僕が大変ですから」

「状況を正しく理解してくれているみたいで助かるわ」

　周囲に笑顔を向けながら、小声でいつもの応酬を繰り広げる。

　そんなユーディたちが通されたのは、ロウワード家当主の執務室。

　天井が高く広々とした空間は、趣がある調度品によって落ち着いた空間に仕上げられている。

　また朝のこの時間、大きな窓からは日の光が差し込み、心地好《よ》い暖かさに包まれていた。

（流石《さすが》は公爵家のお屋敷ね。この部屋だけで住んでいたアパートメントより広いんじゃないかしら）

　ぼやける視界の中、ユーディはそんな庶民丸出しなことを考えていた。

「どうぞ、こちらに座ってくれ」

　誰もが見惚《みと》れる笑顔を浮かべ、窓際にある来客用のテーブル席を勧めるのは、この屋敷の主でもあるヴィンセント・オウル・ロウワード。

マフィアの元締めであるロウワード公爵家当主が冠する、黒公爵の名を継いだ人物である。

特に目の前の男は、その顔に似合わず歴代の黒公爵の中でも最も残虐非道と噂《うわさ》され、誰からも恐れられている存在だという。

ユーディは微笑を浮かべつつ、でも最大限に警戒したまま、黒公爵の誘いに応じる形でそちらに足を進める。

「……」

だが途中、その足はふと止まり、ユーディはチラリと視線を横にズラした。

一歩後ろにいたリュナもまた、つられるように足を止め、不思議そうにその視線の先に目を向ける。

廊下と同じように執務室の中にも立っている黒服の使用人たちの一角。ユーディの視線の先に立つ男たちの背後には、豪奢《ごうしゃ》な絵が描かれた衝立《ついたて》が並んでいるのが見える。

「？　ユーディ先生、あの衝立が何か？」

「……いえ、なんでもないわ」

ユーディは何事もなかったように再び杖を突いて歩き始めると、立ったまま待っていてくれた黒公爵に一礼し、勧められたソファーに腰を下ろす。

トランクを持つリュナもまた、ユーディの座るソファーの後ろに控える形で立つ。

それを見届け、黒公爵ヴィンセントはテーブルを挟んだ向かいのソファーに腰を下ろし、ユーディに笑顔を向けた。

「今回はこちらの申し出を快く受けて貰《もら》えて嬉《うれ》しい限りだ」

「恋文代筆人にとって、貴族様よりお抱えのお声掛けをいただけることは、何よりの名誉にございます」

15年前に実際にあった現国王と亡き王妃殿下の恋文の逸話。

そこに出てくる王女に送られた7通の恋文。これを王子に代わりしたためた、始まりの恋文代筆人と呼ばれる存在がいたことは、今や周知の事実である。

逸話をきっかけにグラダリス王国では恋文文化が芽吹き、同時に恋文代筆人と呼ばれる者たちが台頭し始めた。

恋文代筆人を分類するならば、音楽家や画家、文芸家と同じ文化人となる。

広がりを見せる真新しい流行を牽引《けんいん》する者たちへの関心は高い。

だが同時に、生まれたばかりの文化には確固たる歴史や伝統がなく、誰もが好き勝手に名乗ることができる曖昧な肩書きにもなってしまっている。

故にその肩書きをもっとも分かりやすく証明する方法は、貴族のお抱えになることだ。

立場ある人間に評価され、パトロンとしての後ろ盾を受けることで、その実力が本物であることを周囲に示すのである。

すでに名の知られた恋文代筆人たちがそうであるように、多くの恋文代筆人たちは貴族のお抱えになることを目的の1つとしており、ユーディもまたそれは同じだった。

だからこそ貴族の、しかも公爵家からの誘いとなれば、まさに願ったり叶《かな》ったり。

これが先日の礼であるというのなら、これほどの褒美はないだろう。

「喜んでもらえているようでなによりだ」

「それはもう」

んな訳はない。

もし声を掛けてくれたのが良識ある貴族であれば、諸手《もろて》を挙げて素直に喜んでいた。

ただ残念ながら目の前にいる相手は、ユーディにとってそうではない。

むしろ警戒すべき相手なのだから。

「要望があれば言ってほしい。必要なモノがあれば可能な限り用意しよう」

「そのように気を使っていただき感謝致します。……では早速ですが、幾つかお願いしたいことがございます」

「聞こう」

「ト、トリスト侯爵元夫人についてなのですが……」

その呼び名を聞いた途端、ヴィンセントは不機嫌そうに軽く手を振る。

「ミレディ夫人で問題ない。多くの貴族たちが使うその蔑称は好きではない」

社交界を席巻《せっけん》する主流派貴族たちが使うため、公の場では彼女のことをそう呼ばなければならない風潮がある中で、ヴィンセントはそれを強く否定してくれた。

はっきりと見えないながらも、声色と態度からその気持ちを察することができたユーディは、「ありがとうございます」と素直に感謝を述べつつも、改めて本題を切り出す。

「本日より黒公爵様の恋文代筆人として働かせていただきたく思いますが、それとは別に、ミレディ夫人からのご依頼については優先的に受けさせていただきたいのです」

「ほう」

ユーディの物言いに、黒公爵の声色が少々低くなる。

これから専属のお抱えとして雇おうとしている代筆人が、他の人間からの依頼を優先したいと口にしている。それは相手の面子《メンツ》を潰す行為であり、怒りを買ってもしょうがない。

そういう訳で「気に食わない。今すぐ出ていけ！」と言ってくれるとありがたい。もっといえば、自分をこんな場所に放り込んだミレディ夫人に対して、少しくらい非難の目が向けばいいと、子供じみたことを考えていなくもない。

だが現実はそんなに甘くはなかった。

「問題ない。実はミレディ夫人からも同じようなことを言われている。『ユーディをお抱えにするのは構わない、でも私からの依頼は受けさせるから』。それがキミに話を通してもらう条件だったんだ」

「……そうでしたか」

どうやらミレディ夫人の方が一枚上手《うわて》であったようだ。

黒公爵の手前、微笑《ほほえ》みを浮かべ続けるユーディだったが、頭の中では「ミレディ夫人！もう、ミレディ夫人！」と憤慨したい気分である。

「それにしても、キミとミレディ夫人はよほど強い信頼関係で結ばれているようだ」

「夫人には返しきれない御恩がございます。とはいえ先ほどの申し出は少々配慮に欠けた発言だったと反省しております。忘れていただけるとありがたく」

さらりと前言撤回しつつ、素早く思考を巡らせる。

こうなると、黒公爵とミレディ夫人が自分の知らないところでどんな取り決めをしているか分かったものではない。本格的に逃げ出すことは難しそうだ。

ならば……

「改めて1つご提案があるのですが」

「聞こう」

「今回、お抱えとして務めさせていただく期間を1ヵ月とさせていただきたいのです」

「というと？」

「所詮、恋文代筆人など少々目を引く文章を書けるだけに過ぎず、どこまで黒公爵様のお役にたてるか分かりません。それをご判断いただく期間をあらかじめ区切っていただきたいのです」

要はお試し期間という訳だ。

もっと言えば、黒公爵とミレディ夫人の体面を潰さずユーディが少しでも早く辞めるための口実でもある。

「もちろん黒公爵様が私のことを不要と判断された場合は、即刻屋敷《やしき》から放り出していただいて構いません」

そんなユーディの申し出に、ヴィンセントが興味深そうな視線を向けてくる。

「随分と殊勝な申し出だ。こちらとしてはいつまでもいてくれて構わないのだが？」

「私のような者にはもったいないお言葉です」

黒公爵が言い出したとんでもない発言を、作り笑顔でやんわり流す。

すると美しき麗人はどこか楽しそうにクスクスと笑い出した。

「確かにこちらとしても恋文代筆人を雇うのは初めてだ。いいだろう。ならその取り決めで契約書を作ろうじゃないか」

ユーディは一瞬、自分の耳を疑った。

「契約書……ですか？」

「不服かな？」

「いえ……貴族様から、私のような庶民に、そこまでしていただけるとは思わなかったもので」

取り決めを文面として残す契約書の作成は、社会生活の中で行われる当然の事である。ただそれが作られるのは両者が対等な力関係である場合に限るというのが、ユーディの認識だった。

貴族と庶民は対等ではなく、その間で契約書が作られることはまずない。

貴族の言い分はおおよそこうである。

『契約書を作りたいなどと言い出すのは、下賤《げせん》な平民如《ごと》きが誉れ高き血統である我ら貴族を信じていないという証拠に他ならない。実に不敬である』

怒り出して暴力を振るわれるのは当たり前。泣く泣く口約束をしたところで、それが守られないこともしばしば。

そうなると庶民が取るべき一番賢い選択は、目を付けられたことを悔やみながらお貴族を怒らせることなくご機嫌を取り、少しでも利益を得ることとなのだ。

だからこそ貴族であるヴィンセントの申し出は、ユーディにとってはただただ戸惑う提案だった。

「ロウワード家は国内外問わず多くの商売にも携わっている。私も幼少の頃よりそういう現場に何度も関わり、契約を確かな形として残す重要性を理解しているつもりだ」

ヴィンセントが手を挙げると、背後に控えていた片眼鏡の執事が契約書作成に必要な道具一式を運んできて、2人の間にあるテーブルに置く。

「契約書についてどう考えるかは人によるだろう。相手に約束を違《たが》えさせないための保険という考えも正しい。だが私は、相手の信頼を獲得するために最も分かりやすく提示できる入り口だと思っている」

慣れた手つきで用紙にペンを走らせていき、そして書き終えた契約書の原本をユーディに差し出しながら、こう続ける。

「これだけは覚えておいてほしい。ロウワード家は約束を反故《ほご》にすることは決してない。たとえそれが口約束であってもだ」

悪逆非道と噂される黒公爵の言葉に戸惑いながらも、ユーディは受け取った契約書に目を通す。

そこには、以下3点の内容が示されていた。
1、ロウワード公爵家がお抱え恋文代筆人としてユーディを雇う期間は1ヵ月。
2、賃金は先払い。別途、必要な経費についても申請を受ける用意がある。
3、また今後の契約延長については、今回の契約期間の終了時、双方の合意があって初めて成立するものとする。
——そこに書かれた文章を確認したユーディは顔を上げる。

「黒公爵様。こちらに書かれている……賃金の先払い、というのは？」

「たとえ期間中に辞めることになったとしても、期日分の支払いは約束するということだ。これはキミに対する期待だと思ってほしい」

ヴィンセントは、契約書一式と共に運ばれてきていた布袋から小金貨を3枚取り出し、テーブルに置いた。それは庶民一家が1年は生きていける金額だ。

「こんなに……」

「他にはあるかな？」

「その……最後の項目にある契約延長についてですが、この双方の合意というのは？」

「キミの働き次第ではこのまま雇い続けたいと考えている。だがもしキミが当家の恋文代筆人を続けたくないと思ったのなら、気にせず辞してもらっても構わない」

文字通り、契約延長はヴィンセントとユーディ双方の合意がなければ成立しない、ということらしい。

「……」

良心的……いや、こちらにとって都合が良すぎる契約だ。それこそユーディの思惑を見透かしたような内容であり、文句を付けようがない。

口を噤《つぐ》むユーディの様子に、黒公爵がどこか満足そうな笑みを浮かべる。

「契約内容に不満はないようだ。ならサインをしよう」

ユーディから契約書を返してもらったヴィンセントは、慣れた手つきでサインをすると、消毒液に浸された小さな針を手に取り、右手の親指の腹に軽く刺す。

ぷくりと小さく血が出てきたのを確認し、血判として自分の名の最後に押し付ける。

「さあ、そちらの番だ」

契約書と共にペンを受け取ったユーディは、ヴィンセントの名前の下に自らの名前を書き込む。

次いで消毒液に浸されていた針を拾い上げると、右手の親指の前で針先を構える。

「……」

しかしその針先は、指の腹の前で行ったり来たりを繰り返す。

「……もしかして、怖いのか？」

ヴィンセントの指摘に、ユーディは思わずビクリとなる。

「そ、そんなことはございません！」

思わず声が上擦ってしまった。

するとヴィンセントが口元を押さえ、本当に心から楽しそうに笑い始める。

「隙のない女性だと思っていたが、案外可愛《かわい》らしいところもあるようだ」

「……褒め言葉として受け取っておきます」

すまし顔で答えるも、その耳は真っ赤になっていた。

「ならそんな怖がりの女性に、痛くないとっておきのコツを教えて差し上げよう」

立ち上がったヴィンセントは、何を思ったのか向かいに座るユーディの方にやってきて、ソファーの隣へと腰を下ろす。

「！」

そしてユーディの手から優しく針を奪い取り、さらに自然な動作でユーディの右手首を摑《つか》んだではないか。

「あ、あの……」

「シッ。静かに」

囁《ささや》くようにユーディの瞳をジッと見つめ、さらにはだんだんとその顔が近付いてくる。

咄嗟《とっさ》に逃げようとするが、自分の腕を摑む黒公爵の強引な手が、それを許してくれない。

「！」

先ほどまでぼやけていた黒公爵の整った顔立ち。その輪郭がだんだんとはっきりわかるようになっていく。

思わず息ができなくなり、視線が交わる瞳から目が離せなくなってしまう。

やがて相手の吐息を感じるほどになり、少し顔を上げれば唇が触れてしまいそうなほどの距離となる。

そこで耐え切れなくなったユーディは、思わずギュッと目を閉じてしまった。

「終わったぞ」

「えっ？」

瞼《まぶた》を開けた時には、すでにヴィンセントはユーディから離れ、立ち上がっていた。

思わず手元を見ると、ユーディの右手の親指に血の球が出来ていた。

「痛くなかっただろ？」

得意げに、手にした針を振ってみせるヴィンセント。

そこでユーディは全てを察した。

「……おかげ様で。刺されたことに気付きませんでした」

「それはよかった」

どこか満足気なヴィンセントは、嬉《うれ》しそうに向かいのソファーに戻っていく。

一方でユーディはあまりにも面白くない心境となっていた。

なんというか、とても手慣れている。女性がどうやったらドキドキするかを熟知していて、どうすれば痛みを感じさせないかを理解している。きっとこれまで、同じようなことを何度もしてきたに違いない。

そう考えたら、先ほどまでドキドキしていた胸の内が悔しい気持ちでいっぱいになってしまった。

モヤモヤした気分を晴らすように、ユーディは契約書にグリグリと指を押し付ける。

結果、ユーディの名前の横には必要以上に大きな血判が押されることとなり、どこか猟奇的な有り様になってしまった。

その後、ヴィンセントは契約書に印章を押す。それはロウワード公爵家の紋章を冠した刻印であり、この契約書の正当性を示すものだと説明してくれた。

「これで契約成立だ。なくさずに保管するように」

「私が持っていてよいのでしょうか？」

「これはキミのために用意したものであり、同時に君自身の権利を守るためのものでもある。もし紛失が怖いのであればこちらが責任を持って預かっても良いが、どうする？」

「……いえ、ありがたくいただきます」

契約書を受け取り、同時に先払いされた賃金を懐に収める。

その姿に満足したヴィンセントが話を進める。

「契約期間中は客室を使ってもらう。こちらが声を掛けるまで、この屋敷で自由に過ごしてもらって構わない」

ヴィンセントが手を挙げると、先ほどから黒公爵の手伝いをしていた片眼鏡の執事が隣に立つ。

「私の執事レンだ。彼は私が特に信頼を置く人間の1人、分からないことがあれば彼を頼ってくれ」

紹介された執事レンはユーディに向かって、恭しく頭を下げた。

すらりとした背の高い片眼鏡の男性は、歴史ある公爵家の執事というには、些《いささ》か若い印象を受けた。おそらく黒公爵と同世代あるいは少し上かもしれない。

「それではユーディ様、客室までご案内させていただきます」

どこか楽しげな黒公爵に見送られ、ユーディたちは執務室を後にした。

2

「ロウワード公爵家には歴史がございます」

客室へ案内される途中、執事であるレンがユーディたちに語り出した。

ロウワード家の祖先は、元は流浪の民であったらしい。武勇に優れた知恵者なだけでなく、情に厚い人物であり、その周りには多くの人が集まったという。

その後、グラダリス王国の初代国王が国を興す際に尽力し、別格の働きによって公爵の地位を授かったのだそうだ。

「本邸宅も、当初は王城から目が届く小高い丘に建てられたモノであったそうです。それから時が流れ、王国の発展に伴う王都の拡大により、今ではその一部となっております」

レンの話では、屋敷《やしき》周辺一帯、通称『暗黒街』と呼ばれる王都の端こそがロウワード家の本来の私領にあたるそうだ。

「血筋というのは、やはりあるのでしょう。ロウワード家の当主となられる方々は、どなたも優秀で先見の明をお持ちです。商売にも明るく、遠い異国との交易にも携わっておられます」

饒舌《じょうぜつ》に、どこか自慢げに公爵家の歴史を語っていく。

「舐《な》めてんのか、テメェ！」「やんのか、コラッ！」

その時、どこからともなく怒鳴り声が響き渡り、ユーディは思わずビクリとなって足を止める。

「い、今のは……」

「お気になさらず。この屋敷ではよくあることです」

さして気にした様子もなく廊下を歩き続けるレン。

そうは言われてもユーディとしては気になって仕方がない。

「今更隠すことではないですが、ロウワード公爵家はマフィアの元締めでもあります」

「えっ！」

「おや、ご存じありませんでしたか？」

「いえ……巷《ちまた》で噂《うわさ》になっていますので」

まさか堂々と宣言してくるとは思わなかった。

「当屋敷はマフィアの本拠地《アジト》でもあり、ロウワード公爵家に忠義を誓う者たちが多く出入りしております」

ちょうど柄の悪い男たちが廊下の向こうから歩いてきたが、レンの姿を見るなり、廊下の端に立つように道を開けると、黙って頭を下げたままの姿勢になる。

その前を、レンは何事もないかのように通過し、ユーディたちもそそくさと続く。

「ユーディ様のことは、マフィアの部下たちにも話を通しています。ですが、そうとは気づかず絡んでくる者がいるかもしれません。その時はすぐに私をお呼びください」

淡々と語られたのは、あまりにも物騒過ぎる話であった。

（……それにしても広いお屋敷ね）

外目にも立派でかなり大きな印象を受けたが、屋敷の中に入るとさらにそう感じる。

長く入り組んだ廊下はどこまでも続き、いったいどれだけ部屋があるのか数える気も起きない。

（ここまでくると、ちょっとしたお城といっても差し支えないんじゃないかしら？）

そんなロウワード公爵家の長い廊下に、驚きを通り越して辟易《へきえき》し始めたところで、ようやく目的の客室へと到着した。

「こちらになります」

レンによって扉が開かれた客室に足を踏み入れたユーディは、思わず目を見開く。

豪華な家具が並び、天蓋付きのベッドは広くて大きい。

まさに公爵家の客室にふさわしい様相である。

「こちらの客室は、隣接する客室と続き部屋にもなっております。お付きの少年リュナ君は隣の客室を使ってください」

「僕もよろしいのですか？」

「もちろんです。当面はお客様として接するように言われております」

試しに隣の客室へ続く扉を開いて確認してみると、ユーディの客室ほどではないが十分な広さがとられていた。

「その扉は、ユーディ様のお部屋からのみ鍵が掛けられるようになっておりますので」

「分かりました」

「では私はこれで」

ユーディたちに一礼し、部屋を出ていこうとしたレンだったが、「そうそう」と扉の前で振り返る。

「旦那様のおっしゃった通り、屋敷の中は基本自由に見て回っていただいて問題ございません。ただ当屋敷は些か広いため、あまり出歩かれないことをお勧めします」

「……」

「それと、この建物の外に出ようとされるのはご遠慮ください。広く塀で囲まれた敷地《しきち》内、特に屋敷裏手にある森には決して近づかれないように。もし足を踏み入れられた場合、命の保証はできかねますので、悪《あ》しからず」

声色を変えることなく淡々と説明を終えた執事は、「それではごゆるりと」と、ユーディたち2人に改めて一礼をしてから部屋を出て行った。

ユーディは思わず隣に立つリュナに目を向ける。

「脅しよね、今の？」

「でしょうね」

「……とりあえず休みましょうか」

隠していた眼鏡を掛けると、ユーディはそのままベッドに倒れ込んだ。

「もうヤダ。帰りたい。おうちに帰りたい」

「ここが今日から僕たちのおうちみたいですが？」

リュナもまたソファーに腰を下ろしながら、いつも通りの皮肉を口にする。

「……慰めてくれてもいいじゃない」

「文句ならいくらでも言って差し上げますよ。なんでユーディ先生は事前に雇い主が誰なのかをちゃんと確認しなかったのか、とか」

「……ミレディ夫人が任せろって言ったから」

「そもそも、あのミレディ夫人の話に警戒心を持たなかったことからしてどうかと思いますが？」

「……そうね」

素直に思慮の浅さを認める。

「これからどうするつもりですか、ユーディ先生？」

「契約通りなら最短1ヵ月でお役御免になれるみたいだし、恋文代筆人として大人しく仕事を全うするのが無難でしょうね」

それにミレディ夫人が、自分の要望を無視して黒公爵に口利きしたことも気になる。

これまでもミレディ夫人には、無理難題を吹っ掛けられたり、意に沿わない状況に放り込まれたりと、散々されてきた過去がある。

当然不満はあった。だが結果的に、それがユーディの為《ため》にならなかったことは一度もない。

今回のことについても、ミレディ夫人なりにユーディのことを考えての判断なのかもしれない。……そう思いたい。むしろ思わないと、やってられない。

「そもそも恋文代筆人としての仕事なんて本当にあるんですかね？」

リュナの言いたいことは分かる。先日の依頼では、黒公爵が恋文に対してどこか否定的である様子が見て取れた。

「でもこうしてお抱えとして雇うからには、何かしらやらせたい仕事があるんじゃないかしら？」

とはいえ、いったい黒公爵からどんな仕事を振られるのか、今のところ想像できない。

(それってつまりは、私たちが黒公爵のことを何も知らない、ということなのよね)

黒い噂の絶えないロウワード公爵家。あらゆる犯罪に関与すると言われるマフィア。

関わるべきではない存在とされ、だからこそ名を聞いただけで誰もが恐れる。

――でも冷静に考えれば、知っているのはそんな噂ばかり。

ただ恐れるだけで、その実態をまるで分かっていない。

この状況に至り、ユーディは改めてそのことに気付かされた。

(このお屋敷に住まう1ヵ月の間に、何か見えてくるかもしれないわね)

ベッドに寝転がりながら、ユーディはそんなことを考えていた。

「ではさっそく屋敷の中を散策してきます」

ソファーから立ち上がったリュナの言葉に、ユーディがガバッと起き上がる。

「ちょっとリュナ！　レンさんの話を聞いてなかったの！　勝手に出歩くのはマズいって！」

「屋敷の中は自由に歩き回っていいと言われているじゃないですか。せいぜい、強面《こわもて》の男たちが徘徊《はいかい》しているだけですよ」

「それが一番の問題じゃない！」

「気にしているのはユーディ先生だけであって僕は別に気にしません。それに何かあった時の脱出経路くらいは予《あらかじ》め調べておくべきだと思いますが？」

確かにリュナの言うことも間違いではない。

自分たちがいるのは、誰もが恐れる黒公爵の居城でありマフィアの本拠地。悪の巣窟のど真ん中と言っても過言ではないのだ。万が一を考えれば当然の判断と言える。

「分かったわ、なら私が行く。子供のリュナにそんな危険な真似《まね》はさせられないもの」

「……」

「どうしたのリュナ、急に不機嫌そうに頬を膨らませて」

「別に。どうせ僕は子供ですのでお気になさらず。それではさっそく大人なユーディ先生のお手並みを拝見させていただきます」

ムクれるリュナに睨《にら》まれる中、改めて眼鏡を外したユーディは、杖《つえ》を手にひとり廊下に出る。

すると早速、廊下を歩いていた強面の使用人2人が、ユーディに気付き近づいてくる。

「いかがいたしましたか、お客様？」

低い声で頭の上から尋ねられた瞬間、ユーディの心臓が早鐘のように打ちはじめ、変な汗が噴き出してきた。

そして思わずにっこりと微笑《ほほえ》んだ。

「お、お手洗いはどちらかしら？」

数分後、すっきりしたユーディが客室に戻ってきた。

「とりあえずトイレの場所が分かったわ」

「扉の隙間から覗《のぞ》いていたから知っていますよ。もう結構ですから、ユーディ先生は、何もせずに、この部屋で、静かに、待機していてください」

冷たい瞳を向けてくる弟子に、使えない子認定されてしまった。

そんなユーディと入れ替わりで、リュナが客室から出て行った。

もちろん心配なユーディは、扉を少しだけ開けて、そっと廊下を覗き見する。

するとリュナは早速、廊下を歩いてやってきた家政婦の女性に声を掛けていた。

「初めまして、この度公爵家でお世話になることになりました恋文代筆人ユーディの助手リュナと申します」

「あらこれはご丁寧に。私は家政婦のキキよ、よろしくね」

「実はユーディ先生の為にお茶の支度をしたいのですが、どこかでお湯を分けていただくことはできないでしょうか？」

「それなら厨房《ちゅうぼう》ね。こっちよ、案内してあげる」

「ありがとうございます」

普段はめったにしない愛らしい表情を浮かべ、家政婦と共に去っていくリュナ。

（あっさりと懐に入り込んだ！）

優秀な助手の後ろ姿を見送りながら、ユーディはただただ驚愕《きょうがく》するのであった。


「今戻りました」

お昼時になると、リュナが昼食を載せたカートを押して戻ってきた。

なんでも、無理を言って客室で食事ができるように話を付けてきてくれたらしい。

「このお屋敷《やしき》には大きな食堂がありました。どうやら使用人やマフィア関係者が入れ替わりで食事できる場所のようです」

本来であれば、ユーディたちもそちらで食事をするということらしい。

お腹の虫の悲鳴もあり、2人はさっそくテーブルに並べた食事に手を伸ばす。

「あっ、このスープ美味《おい》しい。それに具沢山。パンも柔らかい」

「本当ですね。何か特別なモノを用意してもらったわけでなく食堂で配膳されていたものをそのままもらってきたのですが……」

下働きの使用人たちに振る舞われる食事のクオリティに、2人は思わず感心してしまう。

そんな美味しい食事を堪能《たんのう》しつつ、リュナは調べてきたことを語ってくれた。

「屋敷で働く使用人の方はかなり多いようです」

「まあ、これだけ大きいお屋敷だものね。本当に、どれだけ広いのかしらね」

「……」

「？　どうしたのリュナ、難しい表情して」

「気のせいだったかもしれないのですが……なんというか、この屋敷で働いている人たちは、他のお貴族の屋敷で働く人たちと雰囲気が違う気がして……」

　これまでユーディは恋文代筆人として貴族の屋敷を訪れたことが何度もあり、助手のリュナもまた、貴族の屋敷であくせく働く庶民たちを目にしてきた。

「それってやっぱり、マフィアの本拠地だから奴隷のようにこき使われて悲痛そうに働いていた、とか？」

　悪いイメージからそう尋ねるも、リュナはなんとも言えない表情で首を横に振る。

「……その逆なんです。どなたも笑顔で誇らしげに働いているように見えて……いえ、すみません忘れてください。少し見て回ってきただけなので、気のせいかもしれません」

　そう話を切って、スープを口に運びながら別のことも話してくれる。

「危険そうな場所にも目星をつけてきました。レンさんの忠告に出てきた屋敷の裏手にある森ですが、そちらもこの屋敷に負けず劣らずかなり広いみたいです。なんでも、この屋敷の敷地の半分を占めているとか」

「そんなに広いの！」

「聞き出せた話を整理すると、どうやらマフィアの施設はその森の中にあるようです。おそらくよからぬことをしているのは、そちらなのではないかと」

「……よくそこまで調べられたわね」

「子供が素直に尋ねれば、丁寧に教えてくれる気さくな使用人の方が多かったので。……それに後半はレンさんが直接教えてくれました。『仕事熱心ですね。下手に嗅ぎ回らなくても私に直接聞けば、教えて差し上げますよ』とのことです」

どこか面白くなさそうにパンにかぶりつくリュナ。

おそらく自分のことを歯牙にもかけない相手の態度が気に入らないのだろう。相手に侮られていると感じるとムキになる、リュナにはそういうところがある。

「とりあえず下手なことをしなければ屋敷の中は安全そうです。午後はどうされますか、ユーディ先生？」

「少し疲れてしまったから、今日は客室で大人しくしておくわ」

「分かりました。僕はもう少し屋敷を探索してきます」

昨夜は引っ越し（夜逃げ）の準備でほとんど寝ていなかったこともあり、美味しい昼食でお腹《なか》を満たすと、ユーディはすぐに睡魔に襲われ、そのままぐっすりと眠ってしまった。

目を覚ましたのは日が暮れる頃。

ちょうど部屋に戻ってきたリュナが「浴室を使わせてもらえるそうですよ」と教えてく

れたので、ありがたく使わせてもらうことにした。

「ふう、さっぱりした」

公爵家の立派なお風呂を堪能し、身も心もさっぱりした眼鏡姿のユーディは、客室へと戻ってきた。

「リュナ、今戻った……」

……と、そこでユーディは口を閉じる。

リュナがソファーで横になり、寝息を立てていたからだ。

「ずっと頑張ってくれていたものね」

ユーディはそんなリュナにそっと毛布を掛ける。

口を開けば悪態ばかりだが、寝ている姿は年相応に可愛《かわい》らしい。

「いつもありがとうね、リュナ」

その寝顔を優しく撫《な》でる。

「あら寝てしまったの？」

「！」

突然、背後から聞こえてきた声に思わずビクリとなる。

慌てて振り返ると、そこには信じられないくらいの美女が立っていた。

思わず叫びそうになったユーディだったが、そっと口を塞がれる。

「しーっ、せっかく気持ちよさそうに寝ているんだから、起こしちゃ悪いわよ」

その優しい微笑みに、悲鳴を呑《の》み込みコクコクと頷《うなず》く。

「隣の部屋で話しましょうか」

美女が小声で指差したのは、リュナの客室へと続く扉だった。

3

「さあ、座って座って」

勝手知ったると言わんばかりにリュナの客室のソファーに腰を下ろした美女から、向かいに座るよう促されたユーディは、恐る恐る尋ねる。

「あの……いったいどこから入ってきたんですか？」

「もちろん扉からよ。ノックはしなかったけどね」

悪びれた様子もなく微笑みを浮かべる美女に、ユーディは改めて目を向ける。

誰もが見惚《みと》れてしまうような女性だ。長く美しい亜麻色の髪、目鼻立ちがはっきりしており髪色と同じ瞳は大きく、吸い込まれそうな魅力がある。

彼女が身に纏《まと》う白と柑子《こうじ》色のドレスもまた、彼女の美しさと明るい雰囲気をより引き立たせている印象を受ける。

とりあえず向かいのソファーに腰を下ろしたユーディだったが、そこでふと気付く。

「この香水の匂い……」

美女が目を細める。

「やっぱり、私がヴィンの執務室に隠れていたことに気付いていたのね」

今朝訪れた執務室で、ユーディが足を止めたのは、微《かす》かな匂いを感じ取ったからだった。

おそらく、この女性があの衝立《ついたて》の裏に隠れていたからだろう。

だがそれよりも、ユーディは気になったことがあった。

「ヴィン、というのは……」

「黒公爵のことよ。親しい人間は彼のことをそう呼ぶわ」

ユーディは頭の中に入っている貴族目録を捲《めく》る。

ロウワード公爵家当主ヴィンセント・オウル・ロウワードは24歳。

黒公爵という立場もさることながら、その美し過ぎる顔立ちも相まって、社交界では危険過ぎる麗人として多くのご婦人、淑女の皆様から高い人気を誇っている。

立場や年齢を考えれば結婚していてもおかしくはないが未婚のまま。婚約相手や許嫁《いいなずけ》の噂《うわさ》も特に聞かない。

とはいえ、あの容姿である。恋人や夜のお相手が何人いてもおかしくはない。

おそらく目の前の美女は、ヴィンセントにとってそういう女性なのだろうと、ユーディは予想した。

「クラウディアよ。よろしくね」

「本日よりお世話になります恋文代筆人のユーディです。よろしくお願いします」

頭を下げるユーディを観察するように視線を向けてくるクラウディアは、「ふーん」と口元を緩める。

「最近、社交界で噂に上る恋文代筆人ユーディ。年齢は確か20代半ばで、私よりも少し年上という話だったけど。……とてもそうは見えないわね」

そこでユーディはハッとなって自分の顔に手を伸ばす。

風呂上がりで化粧を全て落としてしまっているだけでなく、普通に眼鏡姿のままだったことに今更ながら気付いたからだ。杖《つえ》も、隣にある自分の客室に置きっぱなしである。

「私の目には、あなたが17歳くらいの女の子に見えるのだけれど？」

微笑むクラウディアのピンポイントな正解に思わずビクリとなる。

「よ、よく、童顔だと言われます」

眼鏡の奥でスーッと視線を逸《そ》らすユーディに、クラウディアがクスクスと笑う。

「まあいいわ。化粧で年齢を偽るのは女の特権だものね」

なんとかごまかせた……訳はないだろう。

美しい笑みを浮かべるクラウディアに、まるで弄ばれているかのような気分になる。

「そ、それでクラウディアさん。私に何か御用でしょうか？」

なんとか話を逸らそうと尋ねると、「ああそうだったわね」とクラウディアが手を叩《たた》く。

「黒公爵のお抱え恋文代筆人であるあなたに、お願いしたいことがあるのよ」

「それって……」

「お仕事を頼みにきたの。もちろんヴィンから許可は貰《もら》っているわ」

思わず背筋がピンとなる。

まさか、初日から仕事を振られるとは思わなかったからだ。

「ユーディは社交界の恋文文化には詳しいみたいだけど、花街の恋文事情についてはどうかしら？」

花街。それはグラダリス王都の一角にある夜の街。

娼館《しょうかん》が建ち並び、男たちが慰みに女性を買いに行く場所である。

「一通りは存じているつもりです。以前、娼館に講師として呼ばれたこともあります」

「ならよかった。……じゃあ、さっそく行きましょうか」

そう言ってソファーから腰を上げる、クラウディア。

「？　行くとはどちらに？」

「もちろん、花街に決まっているじゃない」

思わずユーディは目を見開く。

「い、今からですか！　もう遅い時間ですよ！」

「何を言っているの？　花街は夜が本番じゃない」

「そ、そうかもしれませんが、待ってください！　化粧も何もしていませんし……」

「むしろ、そのままでお願い。あなたには、あまり目立ってほしくないのよ」

唇に人差し指を立て「静かに」というジェスチャーをするクラウディアの姿からは、こっそりお願いしたい、というニュアンスが伝わってくる。

「ですが……」

「眼鏡も掛けたままがいいわね。夜の街に行くのに視界が悪いと危ないから。それとあなたの手を引く人間を付けるから、杖も遠慮してもらいたいの」

「その……」

「どうしても、あなたが恋文代筆人だと悟られずに、友人の元に連れていきたいの」

懇願するクラウディア。よほどの事情があるらしい。

そんな、友人の為《ため》にと頼み込んでくる相手を邪険にすることができず、悩む表情を浮かべていたユーディは、渋々頷いた。

「……分かりました。どこまでお力になれるか分かりませんが」

「ありがとう、ユーディ。ならさっそく行きましょう」

差し出されたクラウディアの手を取り立ち上がったユーディは、そのまま手を引かれるように廊下に連れ出され、思わずビクリとなる。

黒服を着た3人の男たちが並んでいたからだ。しかも全員が目元を隠すような白い仮面を付けており、明らかに他の使用人たちとは様子が違う。

「クラウディアさん。この方たちは？」

「専属の護衛たち。そうね、私のペットだと思ってくれればいいわ」

「ぺ、ペット！」

思わず素っ頓狂な声を上げてしまった。

「右からゴードン、リチャード、セントよ」

肉体がはちきれんばかりの屈強な男。威圧感ある大男。そしてスラッとした優男が、それぞれ礼儀正しく頭を下げた。

「セント、あなたにはユーディのエスコートを任せるわ」

名を呼ばれた仮面の優男は頷くと、ユーディの前に立ち、無言で腕を差し出してきた。

「よ、よろしくお願いします」

恥ずかしい気持ちを隠すように俯《うつむ》き、その腕に寄り添うようにして身体《からだ》を預ける。

それだけで眼鏡姿のユーディの顔は真っ赤になってしまった。

「屋敷《やしき》の前に馬車を待たせているわ、行きましょう」

王都の一角には塀に囲まれた区画がある。

日があるうちはとても静かなその場所だが、夜になると艶《あで》やかな光が灯《とも》り、男たちが群がり始める。

《花街》と呼ばれる箱庭だ。

王都では、娼婦《しょうふ》たちが客を取ることが出来るのは花街だけと決められており、組織的に運営されているという。

ユーディが初めてその存在を知った時から当然のようにそこにあり、そう定められていると聞かされたからこそ、何の違和感も持たなかった。

だから花街という形態がとても稀有《けう》で、近隣諸国で見られるのがグラダリス王国の王都のみであると聞かされた時は、驚いたのを覚えている。

遥《はる》か東国の文化を参考に、花街を取り仕切る組織が作り上げたと教えてくれたミレディ夫人は、『そこには考え抜かれた合理性がある』とも語っていた。

夜道を進む馬車の窓から見えてきた、塀に囲まれた不夜の箱庭に目を向けながら、ユーディはそんなことを思い出していた。

「仕事を受けたことがあると言っていたくらいだから、花街に入ったことはあるのよね？」

向かいの席に座るクラウディアがそう尋ねてくる。

「はい。……でも夜に入るのは初めてです」

塀に囲まれた花街に入るための門には常に人が立っており、特に女性の出入りについては厳しく目を光らせている。

以前ユーディが花街を訪れたのは昼間の明るい時間帯であり、日が傾き始める前には追い出された。本格的に夜となれば原則、女性の出入りが一切禁止になるからだ。

「お通りください」

にも拘《かか》わらず、護衛役の1人であるリチャードが御者を務めるユーディたちを乗せた馬車は、何の検査も受けることなくあっさりと花街の中へと通された。

（流石《さすが》は花街を取り仕切るロウワード公爵家の馬車ってことなんだろうな）

門を潜ると目の前に広がるのは、艶やかに彩られた活気ある夜の街。

通りを歩くのは客として訪れた男性たち。娼館の店先を眺め、誘惑する娼婦たちに目の色を変えている。

知識としては知っていた。だが直《じか》にこの目で見るのは初めてだ。

そんな景色の中でユーディが興味深いと感じたのが、花街を練り歩く男たちの身分である。貴族と庶民が普通に入り交じり、互いを気にすることなく居合わせている。

そんなユーディの興味を察したのだろう、クラウディアが口角を上げる。

「面白いわよね。塀の外では貴族は偉ぶり庶民が傅《かしず》くのが当たり前なのに、ひとたび花街に足を踏み入れれば、誰もがただの雄《オス》になる」

勝手知ったると言わんばかりに妖艶な笑みを浮かべるクラウディアの美貌を目の当たりにし、ユーディはなぜかドキドキしてしまった。

とはいえ何のイザコザもない訳ではないらしい。

今も道端で客同士が揉《も》めている姿が見えた。だがすぐにやってきた強面《こわもて》の男たちに捕まり、建物の裏手に連れて行かれてしまった。

花街という不夜城を取り仕切るのはロウワード家であり、花街の治安、揉め事などトラブルは全てマフィアが解決しているのだという。

この取り決めは絶対であるらしく、王都の治安を守護する憲兵はおろか、王に仕える近《この》衛兵《えへい》でさえも花街に介入することは許されていないとか。

そんなことを知ってか知らずか、花街を歩く男たちは一様に楽しそうに見える。着飾る花たちに目を輝かせ、客引きの女性たちから声を掛けられ鼻の下を伸ばしている。

(男の人だから、仕方がないことなんだろうけど)

なんとなく馬車内に同席しているクラウディアの護衛ゴードン、そして自分の隣に座る仮面の優男セントをチラリと見てしまう。

「……」

仮面の隙間から覗《のぞ》くセントと目が合ってしまった。だがすぐにそっぽを向かれてしまう。

なんだか悪いことをした気持ちになっていると、向かいでその様子を見ていたらしいクラウディアが、クスクスと笑いながら尋ねてくる。

「ねぇ、ユーディ。あなたは花街のルールを知っている？」

ユーディは頷《うなず》く。

「男はただ気に入った女を口説き落とす」

余計な飾り言葉はない、ただそれだけ。

その一言に花街の全てが詰まっているのだという。

ユーディの答えに満足したのだろう。クラウディアはただ頷き、微笑《ほほえ》んだ。


ゆっくりと進む馬車が向かう先は、花街の中でもひときわ煌《きら》びやかな一角。

その場所は、高級娼館が集まるエリアなのだそうだ。

建ち並ぶ建物はどれも立派で、その景観は王城へと続く王都のメイン通りにも引けを取らない。

馬車が停《と》まったのは、そんなエリアの端にある娼館の前だった。

「愛嬌《あいきょう》のある子が多くて、貴族の相手もできる器量よしが揃《そろ》っている。そんなお店よ」

そう説明してくれるクラウディアは、先に馬車から降りたゴードンに手を引かれるように花街に降り立つ。

その瞬間、近くを歩いていた男たちは皆足を止め、その美しさに目を奪われていた。

(分かるな、その気持ち)

ユーディもまた、杖《つえ》代わりにと腕を差し出すセントに掴《つか》まる形で、店へと入るクラウディアに続いた。

娼館に入っても、客たちからの反応は変わらない。

屈強な護衛を引き連れ、堂々と先頭を歩くクラウディアを目にした途端、誰もが一瞬ギョッとなり、そのまま釘付《くぎづ》けとなる。口を半開きにした客たちは一様に、クラウディアの姿を追うように顔だけが左から右にと動いている。

そんな中、慌てた様子で近付いてきたのは、小太りな中年男性であった。

「こ、これは、これはクラウディア様」

「こんばんは、店主さん。相変わらず繁盛しているみたいね」

頭を下げるその男が、どうやらこの娼館《しょうかん》の主のようだ。

「それもこれもクラウディア様たちのおかげでございます」

おべっかを並べる店主に向かって、クラウディアが本題を切り出す。

「今日はサファイアに用事があって来たのだけれど」

その名前を聞いた途端、店主が表情を曇らせる。

「……ちなみにどのようなご用件で？」

探るような視線を受け、クラウディアはクスクスと笑う。

「おかしなことを聞くのね。私は花街にいる娼婦たちの相談役。少しおしゃべりをしに来ただけよ」

どうやらそれがクラウディアの肩書きらしい。

ただそれがいったいどういう存在なのか、いまいちピンとこないユーディの前で、クラウディアたちのやり取りは続く。

「その……サファイアは……」

「今夜、サファイアはお客を取らない予定だったはずだけど。もしかして急にどなたかのお話し相手を務めることになったのかしら？」

ビクッとなった店主に、クラウディアが微笑む。

「私がこの花街のことで知らないことはそれほど多くないわよ」

「存じております。ですが……」

「私はただの相談役で娼館のことに口出しする立場にはない。それに今回の一件は黒公爵がすでに決定を下されている。そうでしょ？」

「……おっしゃる通りです」

「取り決めの期日は明日。この娼館に貢献してくれたサファイアにとっては重要な日となる。だからその前に、彼女の様子を見に来ただけよ」

笑顔を浮かべるクラウディアの言葉に、額に汗を滲《にじ》ませていた店主は、やがて渋々といった様子で頷いた。

「……すぐにお部屋をご用意させていただきます」

そう言って下がろうとした店主だったが、クラウディアの後ろに控えていたユーディのことに気付いたらしい。

「今度、私の下で働くことになった子よ。仕事の見学をさせようと思って連れてきたの」

クラウディアの言葉に納得したのか、「さようですか」と今度こそ奥へと下がった。

ほどなくして、部屋の支度ができたと、声が掛かる。

案内役の店員に先導され、クラウディア、ゴードン、そしてセントに腕を借りて寄り添う形のユーディが続く。

娼館の廊下に並ぶ扉の向こうからは、談笑する客と娼婦たちの声が聞こえてくる。

もちろんその中には、互いの感情を高ぶらせた喘《あえ》ぎ声も混じっていた。

「……あ、あの、セントさん。少しならひとりで歩けますので」

男性の腕を取りながら耳に入れるには、ユーディにとって刺激が強すぎる。

それを察してかセントは素直に従ってくれた。ただ前を歩くクラウディアは、ユーディのそんな様子に気付き、クスクスと笑っていた。

「横を失礼致します」

そんな廊下を進む途中、まだ幼さがある少女とすれ違う。

幼くして娼館に買い取られた少女たちは、娼婦のお付きとして身の回りの世話をしながら、将来客を取るための術を身につけるのだという。

そんな少女が手にしているトレーには、1枚の用紙が置かれていた。

（あっ、花街恋文だ）

それこそが、花街で発展した恋文文化の姿である。

「こちらになります」

案内されたのは、娼館の最奥にある豪奢《ごうしゃ》な部屋。

大きなベッドだけでなく、値の張りそうな家具が並んでおり、手入れの行き届いた室内はどこか貴族の屋敷《やしき》を彷彿《ほうふつ》とさせる。

クラウディアはそのまま部屋に入るが、ゴードンは廊下に残り、まるで屈強な門番のように扉横に立つ。続いて部屋に通されたユーディが室内のソファーに問題なく腰を下ろすのを確認すると、セントもまた室内の壁際に移動し気配を消すようにして立った。

その姿はまさに護衛のプロだ、とユーディは思った。

「すぐにサファイアが参りますので」

店員が出ていってからほどなくして、扉をノックする音が響き渡る。

「失礼致します。お部屋に入らせていただいてもよろしいでしょうか？」

「構わないわ」

クラウディアの許しを得て部屋に入ってきたのは、蒼《あお》が基調のドレスを纏《まと》った女性。

目じりが少し下がった泣き黒子《ぼくろ》が特徴的で、優しさを滲ませた笑顔が魅力的である。

「こんばんは。今日も綺麗《きれい》ね、サファイア」

「来てくれたんだね、クラウディア。嬉《うれ》しいよ」

クラウディアを見た瞬間、砕けた口調になった娼婦《しょうふ》サファイアが笑顔を浮かべこちらにやってくる。そしてすぐに、同席していたユーディに気付いた。

「そちらの可愛《かわい》らしいお嬢さんは？」

「私のお友達」

そしてクラウディアは小さな声でこう続ける。

「恋文代筆人をしているの」

それだけでサファイアは察したらしく、ユーディににっこりと微笑む。

「名前を聞いてもいいかい？」

「ユーディと申します」

「今日は来てくれてありがとう、ユーディ」

それからすぐ、サファイアは2人のために紅茶の準備を始めた。

「最初は上手《うま》くできなかったんだ。それが今じゃ慣れたもんさ」

話を聞くと酒が飲めない客や、ただ話をするお相手に出したりするそうだ。

そこで察する。

（つまりサファイアさんは高級娼婦なんだ）

娼婦には格付けがあり、上位になればなるほど、むしろ身体《からだ》を売る機会も少なくなると聞いたことがある。

すぐには手が出せない高嶺《たかね》の花として男たちの欲情を煽《あお》り、金を積み上げさせるのだという。

実際、サファイアの所作は丁寧で美しく、出された紅茶も香り高く美味《おい》しかった。

「ユーディは花街の恋文文化にも精通しているのよね？」

クラウディアの質問にユーディは「人並みには」と答え、部屋の中をキョロキョロする。

「用紙ならそこの棚に入っているよ」

流石《さすが》は高級娼婦と言うべきか。こちらのやりたいことをすぐに察してくれたらしいサファイアが、傍《そば》にあった棚から1枚の用紙を取り出した。

先ほどの廊下ですれ違った少女がトレーに載せていた用紙と同じモノであり、花街恋文として使われるやや細長い用紙は、大きさが全て統一されている。

元になったのは花街文化と共に伝わってきた東洋の祭事だそうだ。星空の川を隔てて離れ離れになった男女の星神は、年に一度だけ再会できるという伝承があり、祭事に参加する人々は自らの願い事を書いた紙を飾るのだという。

その紙にちなんだ大きさであるという用紙に、テーブルに用意されていた羽根ペンを手にしたユーディは、さらさらと文字を書く。

『今夜も愛《いと》しいあなたに会いに来ました』

そう書いた用紙をテーブルに置かれたトレーの上に載せ、そっと向かいに座るサファイアの方に押す。

ユーディの意図を理解してくれたのだろう。

サファイアは、それを胸に抱くように受け取ると、すぐに新しい用紙に一筆したため、トレーに載せてユーディの方へ返してくれる。

ユーディが受け取った用紙にはこう書かれていた。

『再びあなた様にお会いできることを楽しみにしておりました』

こうして客と娼婦は短い恋文を交わし合う。

「従来の恋文とは違い、決められた用紙に短いメッセージをしたためて送り合う。これが花街で生まれ親しまれている花街恋文です」

　ユーディは続ける。

「私がサファイアさんに送ったように、お客が娼婦に自らの来訪を知らせるやり取りが基本ですが、時には顔を合わせず一晩中、互いの言葉を送り合うこともしばしば。他にも、お客が目当ての娼婦に気の利いた言葉を贈り興味を引くこともあれば、花街の外へと帰るお客に娼婦が一夜の思い出として恋文を送ることもあります」

　そうした逢瀬《おうせ》の1つにも、男たちは熱を上げる。

　ただ、そんな基礎的なことは、花街にゆかりある2人は熟知している。

　サファイアとクラウディアは、ユーディの前でさらにこんな話をし始めた。

「娼婦から送られた花街恋文で思い出したけど、サファイア、あの話聞いた？」

「お気に入りの娼婦からもらった花街恋文を、たいそう大事に家に持ち帰った旦那の話だろ。それが奥さんに見つかって、包丁片手に追いかけられて、最後は花街に逃げ込んだってね」

「その旦那を捕まえようと、奥さんが門番を蹴散らして花街に入ろうとしたのよ。止めるのが大変だったって門番たちが愚痴っていたわ」

　与太話に笑い合う2人。娼婦あるあるなのかもしれないが、初耳のユーディとしては「凄《すご》い話だ」と強張《こわば》った笑みを浮かべることしかできなかった。

そんな話が出てくるほど、恋文文化は花街に浸透している。

理由はやはり、花街と恋文の相性が非常に良かったからだと言われている。

例えば、花街恋文に使われる用紙。

その紙1枚もタダではなく何種類も用意されている。そこにはあえて、ピンキリに値段が付いており、客が恋文を送る娼婦にどれだけ熱を上げているかを示すことが出来るのだ。

実際に値が高い用紙の恋文を送られた娼婦はとても喜ぶ。送られた用紙の代金によって金一封が出るからだ。

特に何人もの上客が付いている人気の娼婦ともなれば、それは顕著になるという。

その夜、娼婦に選ばれ一夜を共にするため、男たちはこぞって金貨を積み上げ高い用紙に手を伸ばしていく。

熱を上げている当人たちからすれば、我を忘れて夢中になれることなのだろうが、一歩引いた場所から見ている人間からすれば、その姿は感心半分呆《あき》れ半分といったところ。

これもまた花街における駆け引きの1つであるという。

もちろん、そんなあこぎな話ばかりではない。

娼婦たちとの恋文のやり取りを純粋に楽しむ男性客も多くいる。

ただ目当ての娼婦と枕を交わすだけでなく、そこに至る駆け引きを楽しむのだ。

とはいえ、花街に訪れる全ての客が文字を書けるとは限らない。

まだ文字を覚え途中の庶民の客が店員に代筆を頼むこともあれば、わざわざお抱えの恋文代筆人を連れてきて気の利いた恋文を書かせる貴族もいるらしい。

逆に娼婦の中からも、花街恋文で名を上げる者が出てきているという。

なんでも《恋文姫》なる娼婦が人気を博しており、その名は恋文代筆人であるユーディの耳にも届いている。

恋文文化が花街と呼ばれる箱庭に新たな彩りを添えたのは間違いなく、同時に花街という特別な環境が、多くの人間に恋文の魅力を気付かせるきっかけになったことも間違いないと言えるだろう。

「ユーディは社交界で活躍していると聞いたけど、花街の恋文の在り方についてどう思う？　率直な意見を聞かせてほしいのだけれど」

クラウディアにそう尋ねられ、同時にその真意をなんとなく察する。

花街恋文は、確かに花街を訪れる男性たちを熱狂させている。

ただ一方で、外では白い目で見られ、特に社交界の淑女たちには非常にウケがよくない。学のない下女たちの猿知恵だと罵るご婦人もいるくらいだ。

ただユーディの見解は違う。

「私は好きですね」

そう答えて、花街恋文の用紙を1枚手に取る。

「花街恋文には唯一のルールがあります。それは用紙の大きさがこうして決まっていること。普通の恋文と違い、この小さな紙1枚にしか言葉を綴《つづ》ることができません。詰めて細かな字をびっしり書くこともできるかもしれませんが、奥ゆかしさに欠けますし、やはり一言か二言くらいに収めるのに適していると思います」

ユーディは語りながら、サラサラとペンを走らせる。

「できることが限られるからこそ、シンプル。だけどそれ故に自由だとも思っています」

「自由？」

「形式らしい形式が必要ないんです。普通の恋文のように、『拝啓』といった導入を意識する煩雑さもありませんし、短い文面で凝った言い回しは相手には響きにくい。だからおのずと率直な言葉になります。……でもそれは、決して安易な訳ではありません」

ユーディはペンを置き、『あなたの事を愛しています』と書いた用紙を2人に見せる。

「ただまっすぐな気持ちだけが残るからこそ、相手に自分の想《おも》いが伝わりやすい。それは恋文の本質だと思うんです」

そう語りながらも、ユーディはふと思い出し笑いをしてしまう。

「なになに、どうしたの？」

「いえ以前、娼婦の皆さんに恋文の講習をした時に、用紙に猫の絵を描かれた方がいたのを思い出したんです」

これには2人が驚いた表情をする。

「話をお聞きしたところ、娼館《しょうかん》で飼っている猫が可愛かったと伝えたかったそうです」

楽しそうに語りながらも、ユーディはそこで少し目を伏せる。

「その女性は文字を書けない身の上で花街に売られてきた方でした。覚えたての字はまだ上手く書けないと、だから絵を描くことを思い付いたそうです」

それはただ下手な字を見せるのに忍びなかったのかもしれない。でもユーディは、少しでも送る相手を喜ばせるために、その女性が考えたことだと思っている。

「私はそれがとても素敵だなと思いました。当たり前のように文章を書くようになった私にはなかった発想です。きっとその恋文を送られた男性は、私のように微笑《ほほえ》ましい気持ちになって、送ってくれた方を好きになるだろうなと思いました」

ユーディの話を聞いて「素敵な話ね」とサファイアが笑ってくれた。

そこまで語り終えたところで、ユーディはクラウディアたちが自分のことをジッと見つめていることに気付き、一気に恥ずかしくなってしまった。

「す、すみません！　1人で長々と語り過ぎました！」

萎縮するユーディに、クラウディアは首を横に振る。

「いいえ、とても素敵なお話だったわ」

サファイアもまた微笑んでくれた。

「私たちみたいな娼婦が書いたモノをそんな風に思ってくれるなんて、嬉《うれ》しい限りだよ」

そんなサファイアに、隣に座るクラウディアが尋ねる。

「サファイア、あなたの問題をユーディに話してもいいかしら？」

「もちろんさ。私からもお願いするよ」

そしてクラウディアは恋文代筆人であるユーディを、この場に連れてきた理由について語り出した。

4

花は美しく咲き誇る。だが、その時が永遠に続くことはない。

この娼館の顔として人気を博していたサファイアもまた、引退を考える時期に差し掛かっているのだという。

「私も好《い》い年でね。そろそろ引き際なのさ」

本人はそう笑っているが、ユーディの目からは未《ま》だその美しさが衰えているようにはまったく見えない。

クラウディアが本題を口にする。

「問題になっているのは、サファイアがどう引退するか、という話なの」

「ありがたいことに、身請け話が出ているんだ」

娼婦《しょうふ》となる女性たちが花街に行きつく理由は幾つもある。

親に売られた者、自ら足を踏み入れる者、口減らし金銭絡みと事情は様々だ。

ただ一度でも娼婦となれば最後、おいそれと花街から出ることは叶《かな》わない。

ここは美しく手入れされた箱庭であり、同時に逃げることの許されない牢獄《ろうごく》なのだ。

そんな娼婦たちが真っ当に外に出るには、年季を勤め上げるしかない。ただそれ以外の方法がない訳ではない。

身請け話がその1つだ。

上客が娼館に決して安くない金を支払い、目当ての娼婦を引き取る。

もちろん簡単に決まる話でもなければ、誰彼構わず受ける話でもない。

そんな中で、サファイアはとある男性の身請け話を受けることになったのだという。

「長年通ってくれていた旦那なんだ。こんな私でも構わないって言ってくれてね。嬉しい限りだよ。……できればその旦那と添い遂げたいと思っている」

恥ずかしそうに、でも嬉しそうにはにかむサファイアは、その人のことを想っているのだということが伝わってきた。

聞けば庶民の男性なのだそうだ。ずっとサファイアを身請けするお金をコツコツと貯《た》めていたという。

そうして念願が叶い、サファイアの身請け話が表に出た。

本来であれば、そこで全てが丸く収まるはずだった。

——ただここで、思いがけない問題が起こる。

「時を同じくして、サファイアを身請けしたいと幾つも名乗り手が挙がってしまったの」

まるで示し合わせたかのように申し出が続き、結局５人から話が来ることとなった。

その中でも特に息巻いているのが、さる公爵家の三男坊。

サファイアにかなり熱を上げており『必ずや妾《めかけ》にする』と、必要以上の大金をチラつかせているのだという。

そこまで聞いて、ユーディは察する。

「つまり、サファイアさんが揉《も》めているのは、この娼館の店主さんとなんですね」

「そういうこと」

サファイアには意中の相手がいる。

だが店主は大金を支払う客に身請けさせたい。しかも相手が公爵家の貴族となれば、店に箔《はく》が付くというもの。娼館のことを考えればこれほどの好条件はないだろう。

「そんなこんなで揉めに揉めてね。最終的には黒公爵の耳に入るまでになったわけ」

ユーディの頭に浮かんだのは、今朝方に顔を合わせたヴィンセントだ。

「その……黒公爵様も、このようなことに口をお出しになるのですか？」

「花街を取り仕切っているのはロウワード家だからね。収拾がつかないトラブルが起これば首を突っ込まない訳にはいかないのよ」

「なるほど」

「とはいえ、今回の件を黒公爵の耳に入れたのは私なんだけどね」

「えっ！」

驚くユーディの前で、クラウディアは悪びれた様子もなく微笑む。

「だって気に入らないじゃない。今日仲良くなったばかりのユーディにはそうは見えないかもしれないけど、私は気に入らないことには徹底的に立ち向かう性質なのよ」

堂々とそう言ってみせるクラウディア。

（……いえ、正直そういうタイプだと思っていました）

いつの間にか仲良くなったと断言しグイグイと距離を詰めてくるクラウディアは、まさにそうとしか思えない。とはいえ不思議と嫌みな感じはまったくしない。むしろユーディとしては、そう言ってもらえて嬉しく思ったくらいだ。

そんなクラウディアの言葉と態度に、サファイアがため息を吐く。

「まったくアンタは小さい頃から変わらないんだから」

「褒め言葉として受け取っておくわ」

そう笑い合う会話から、2人が旧知の仲だと分かる。ただ同時にそこから、漏れ聞こえた単語から、余計に分からなくなってしまった。

（クラウディアさんって、本当に何者なんだろう？）

おそらく花街関係者。ロウワード家に出入りしていることからマフィアの一員であることは確かだろう。さらに娼婦の相談役という奇妙な肩書きを持ち、しかも黒公爵とは親しい間柄。

まさに謎である。

そんなクラウディアが「話を戻すけど」と続ける。

「今回の一件を知った黒公爵はある決定を下したの」

それは『身請けに名乗り出た5人が無記名で花街恋文を書き、その中からサファイアが1枚を選ぶ。そして選んだ相手に文句を言わず身請けされる』というモノだった。

「まあ公平ではあるわよね。サファイアの言い分と同じように、娼館の店主の言い分もある。それに身請けに手を挙げたお客たちのことも考えれば、綺麗《きれい》な落とし所ではあるんでしょうけど」

どこか不機嫌そうに語り終えたクラウディアが、チラリと横を見た。

そちらに目を向けると、ずっと気配を消して立っているセントがいるだけだ。

「？」

「ちょっとクラウディア、そんな風に言うもんじゃないよ」

窘《たしな》めるような言葉を口にしたのは当事者であるサファイアだった。

「私は黒公爵様の沙汰には感謝しているんだ。本来なら私たち娼婦は店主の決定に逆らえる立場じゃない。娼婦なんて所詮は店主に買われた商売道具なんだから。それがこうして自分の人生を決める機会をいただけたんだ。こんなありがたいことはないよ」

黒公爵に敬意を示すサファイアは、こうも続ける。

「それにね。黒公爵様の決定とあっちゃ誰も文句を言えない。それはウチの店主だけじゃない。名乗りを上げてくれた旦那方も同じさ」

そこでユーディは、身請けに名乗りを上げた客の中に高位の貴族がいるのを思い出した。

世間で誰もが恐れる黒公爵。

その決定に異を唱えることの恐ろしさは、庶民に限らず、同じ貴族であっても変わらないのだろう。

窘められたクラウディアもまた、それは理解しているようだ。

どこか子供じみた表情を引っ込めると、咳払《せきばら》いをして姿勢を正す。

「ともかく黒公爵がそう決めた以上、この勝負は公平でなければならない。私も表立っての肩入れはできない。……でも私は娼婦たちの相談役である以前にサファイアの友人だから、できるだけ力になってあげたい。それこそ恋文代筆人とこっそり話す機会を作っても罰は当たらないでしょ」

おどけるように笑ってみせるクラウディアを見て、ユーディは思った。

クラウディアが素敵で美しく、何より優しい女性なのだと。

そしてもう1つ、忘れてはならないことがある。

それはクラウディアが黒公爵の許可を得てユーディを連れてきている、ということだ。

「事情は分かりました。……その上でサファイアさんは今、何かお困りなんですよね？」

だから自分がこうして呼ばれた。

そんなユーディの問いかけに、サファイアは「少し待っていて」と一度部屋を退出し、すぐに戻ってきた。

その手には、5枚の花街恋文があった。

どうやらそれが、身請け候補者たちから送られた、件《くだん》の花街恋文であるらしい。

「公平って話にはなっているけど、実はこの勝負、私に有利なんだ。なにせ何度もやり取りしてきた旦那たちばかり。花街恋文を見れば、誰が書いてくれたか見えるもんさ」

そう手にしていた5枚をテーブルに並べるサファイアだったが、その表情はすぐに曇る。

「そのはずなんだけど、……どうにも分からなくてね」

5枚の花街恋文には、それぞれ短いながらもサファイアへ向けられた告白の言葉が並んでいる。

「旦那方も気合いを入れてくださったのか、いつになく丁寧で気の利いた言葉を選んでくれたみたいでね。……目を通しても、どうにも旦那たちの表情が思い浮かばないんだ」

落ち込んだ様子のサファイア。

ユーディは改めて5枚の花街恋文を見比べる。

まず単純に比較して、用紙が違う。このことについて尋ねると、最高級のモノが2枚。次いで高級なモノが1枚。それなりに値の張る紙が2枚、ということだ。

それぞれに書かれているのは、有名なプロポーズの言葉を引用したものから、綺麗な例えを使った口説き文句まで多種多様。

もちろんユーディは身請け候補となった5人のことを知らない。だから花街恋文に書かれている文字を見ただけで誰が書いたかを判断することなんてできない。

もし判断できるとすれば、それこそ当人たちと花街恋文でやり取りしてきたサファイアだけだろう。

にも拘《かか》わらず、サファイアもそれが分からず困っているのだという。

考えるユーディの姿を見て、心配そうにクラウディアが尋ねてくる。

「……やっぱり、分からないかしら」

おそらくクラウディア本人も事前に見比べてアレコレ考えてみたのだろう。だがやはりどうしても分からなかった。

だからこそ、恋文代筆人であるユーディに相談を持ち掛けることを思い付いたのだろう。

目の前に座る2人を見る。

どこか自信を無くし俯《うつむ》く美しき娼婦《しょうふ》と、彼女を心配するマフィアの女性。

どうにかしてあげたい。

そんな2人と言葉を交わし、笑い合ったからこそ、ユーディは強くそう思った。

「サファイアさん。こちらの花街恋文、少し手に取って見せてもらってもいいですか？」

「もちろんさ」

許可を得たユーディは、深呼吸してから眼鏡を外す。

そして改めて5枚の花街恋文をジッと見つめた。

するとただ文章を見ただけでは見えないはずの情景が、ユーディの中に浮かびあがってきた。

ただ、見えたのは5枚中2枚だけ。

——でも、それで十分だった。

(なるほど、そういうことか)

花街恋文をテーブルに戻したユーディは、「ふぅ」と息を吐くと眼鏡を掛け直した。

「サファイアさん。クラウディアさんと店主さんがお話しされているのを聞いたのですが、明日までに、この中から1枚を選ばないといけないんですよね？」

「そうなんだ。1枚を選び店主に伝えることになっていてね」

特別な力を持つユーディには、この5枚の中からなぜサファイアが意中の相手から送られた花街恋文を見つけ出せないのかが分かった。

だが同時に、この問題は慎重に対応しなければならないとも考えた。

（どうするのがいいだろう？）

そう思って顔を上げたところで、クラウディアと目が合った。

するとクラウディアは少し嬉《うれ》しそうに口元を緩め、だけどすぐに残念そうな表情を浮かべる。

「やっぱり難しかったみたいね。ごめんなさい、サファイア。力になれなかったみたい」

「何を言うんだい、クラウディア。こうして会いに来てくれただけで私は嬉しかったよ。まあ分からないものはしょうがない。こうなりゃ神頼みで適当に1枚選んじまおうかね」

心配させまいと空元気で笑ってみせ、そのまま目に入った1枚に手を伸ばそうとしたサファイアの右手を、ユーディがそっと両手で包んだ。

「私も神様はいらっしゃると思っています。でも今、サファイアさんが信じなければならないのは、これまで娼婦として頑張ってこられたサファイアさん自身だと思います」

「ユーディちゃん」

「どれでもいいとおっしゃるのなら、恋文代筆人として1つアドバイスさせてもらってもいいですか？」

「そりゃ、もちろん」

「では明日の約束の刻限ギリギリになるまで、この5枚の花街恋文をもう見ないようにしてください。そして最後の最後にもう一度だけ見比べて、心の底から『これだ』と思った1枚を選ぶようにしてください」

そんなユーディのアドバイスをどう受け取ったかは分からない。ただサファイアは優しい笑顔で応えてくれた。

「素敵な恋文代筆人さんのアドバイスだ。素直に従うとするよ」

「ありがとうございます」

「礼を言うのはこっちだよ。2人とも、今日は私なんかの為《ため》に来てくれてありがとうね」

2人に別れを告げ、サファイアは部屋から出て行った。

「……それで、ユーディ。何か分かったんでしょ？」

サファイアがいなくなった途端、クラウディアがそう尋ねてくる。

「やっぱり察していただけたんですね」

「サファイアの前では言いにくいことだと思ったんだけど、違ったかしら？」

「いえ、おっしゃる通りです。……正直、事の経緯を考えても、どう対処すればいいのか私には分からなかったもので」

先ほどのサファイアへの助言も、単なる時間稼ぎでしかなかった。

「聞かせてくれる？」

「結論から言うと、あの5枚の花街恋文を書いたのは同じ人です」

クラウディアが目を見開く。

「それって……」

「すり替えられている。つまり不正があるということです」

クラウディアが考え込み、慎重に尋ねてくる。

「なぜわかったの？」

それは自分が特別な力を持っているから……などと、正直に言う訳にはいかない。

「恋文代筆人としての経験。文章の癖としか言いようがありません。ですから、今すぐ明確な証拠を提示することはできません。……ただ、それを確かめる術はあると思っています」

「どうすればいいの？」

「身請けを申し出ている5人を集めて、その場で確認すればいいんです」

それだけでクラウディアには伝わったようだ。

「なるほどね。もし今ある5枚の恋文がすり替えられた物ならば、他の4人が書いた恋文は破棄されているということになるものね」

「この状況を上手《うま》く利用すれば、おのずと犯人と協力者は割り出せると思います」

それがいったい誰であるのか？　ユーディはある程度予想が出来ている。

だが同時に、クラウディアも気づいているだろうとも思っている。

「ユーディ、少しここで待っていて。……セント、一緒に来て」

クラウディアはそう言って立ち上がると、部屋の隅で気配を消していたセントと共に廊下に出ていった。

2人はほんの数分で戻ってきた。

「ユーディ、今日は力を貸してくれてありがとう。私は明日の準備があるからここで失礼するわ。ゴードン、セント、ユーディを屋敷《やしき》まで送ってあげて頂戴」

クラウディアの命令に2人の護衛役は恭しく頭を下げる。

「ユーディ。悪いのだけれども、明日も付き合ってもらえないかしら？」

明日は、娼婦サファイアの身請け人が決まる日である。

「もちろんです」

こうして関わった以上、事の顛末《てんまつ》が気になるし、何よりサファイアが幸せになる姿を、この目で確かめたい。

「あ、あの……おふたりにお聞きしたいことがあるのですが」

ロウワード家の屋敷に戻る帰りの馬車の中、ユーディは同席している護衛役の2人に声を掛ける。

「なんでございましょうか？」

言葉を返してくれたのはゴードンだった。

「その……黒公爵様はどういうお方なのでしょうか？」

ユーディの質問に2人がピクリとなる。

「それは、どういった意図のご質問で？」

「正直、私は黒公爵様のことを噂《うわさ》でしか存じ上げませんでした。ですが今日、あの方と言葉を交わし、こうして関わる皆さんの様子とやり取りをお聞きして、……そこから受けた印象は噂とは違うように思えたんです」

「……」

「どちらの黒公爵様が本当なのか。おふたりに、率直にお聞きできないかなと思いまして」

そう口にし、ユーディがチラリと見たのはセントの方だった。

今日ずっと手を引いてもらったこともあり、なんとなく安心できる気持ちを抱いていたからだ。

しかし……

ユーディの視線に気付いた仮面の優男は「プイッ」とそっぽを向いてしまった。

（……む、無視されたんだけど）

地味に、だけどかなりショックを受けるユーディ。

「申し訳ない。セントは幼少期の病の後遺症で喋《しゃべ》れないのです」

落ち込むユーディを見かねてか、そう説明してくれたのはゴードンだった。

「そう、なのですか？」

チラリと視線を向けると、ゴードンに同意するようにセントが頷《うなず》く。

「ですので私でよければお答えしますが、いかがでしょう？」

「お願いします」

「黒公爵様は立派なお方です。あの方に仕えられることを私は誇りに思っている」

「つまりヴィンセント様は噂されるような怖いお方ではないということでしょうか？」

するとゴードンは、しばし考え、首を横に振った。

「いいえ、とても恐ろしい方です。他の者にも聞いてみるといいでしょう。皆同じように答えるはずです」

思わず眉をひそめてしまう。言っていることが急に変わったような気がしたからだ。

それはまるで謎掛けのようである。

ただこれ以上話してくれる気はないらしく、ゴードンからは「話しかけないでいただきたい」というオーラが漂っている。

そんな雰囲気の屈強な男に再び声を掛ける勇気は、ユーディにはなかった。

セントはセントで、手元で何かを弄《いじ》るようにしながら指を動かしている。気にはなったが、先ほどのショックが尾を引いて、それ以上視線を向けることができなかった。

そのままロウワード家の屋敷に到着する。

屋敷の玄関で、セントの手を借りて馬車を降りたユーディは、そのまま客室まで送ってもらった。

「その……今日はずっと手を貸していただき、ありがとうございました」

さっきのことで、何かぎこちなくなってしまい、セントの顔を見ることができない。

そんなユーディに向かって、セントが何かを差し出してきた。

驚いた。それは紙を幾重にも折って作られた花だったからだ。

初めて見る紙の花に、ユーディは目を輝かせ、思わず顔を上げる。

「その……いただけるんですか？」

白い仮面の隙間から覗《のぞ》く目と合うと、セントはただコクリとだけ頷いた。

「ありがとうございます。大切にしますね」

嬉しそうに微笑《ほほえ》むユーディを前にして、セントはどこか気恥ずかしそうに背を向け、そのまま暗い廊下を歩いて行ってしまった。

「……恥ずかしがり屋さんなのかな？」

でも優しい人なんだろうと、ユーディは貰《もら》った花を胸に抱きしめ、客室へと戻った。

＊＊＊

「今戻ったわ」

ひとり花街に残り、明日の準備をしていたクラウディアが黒公爵の執務室を訪れると、黒服を着たヴィンセントがなんとも言えない表情を浮かべていた。

「あの恋文代筆人、最後まで俺の正体に気付かなかったぞ」

「残念。途中でバレても面白いと思ったんだけど、まだ初日だし難しかったみたいね」

テーブルに置かれた白い仮面に、クラウディアは手を伸ばす。

クラウディアの護衛役セント。それは黒公爵ヴィンセントの変装だった。

なぜ今夜ヴィンセントがそんなことをしたかといえば、クラウディアに言われたからだ。

『そうすれば知りたいことがよく分かるはずよ』と。

　だからこそヴィンセントは、素直に今夜の感想を述べる。

「ほとんどクラウの言う通りだった。恋文代筆人ユーディの姿は作られた存在であり、今夜、俺たちが目にしたのが彼女の本当の姿というわけか」

　近しい者だけが呼ぶ愛称を口にするヴィンセントに対して、クラウディアは「でしょ」と笑ってみせる。

　ヴィンセントは今朝、ロウワードの屋敷を訪れた恋文代筆人ユーディのことをクラウディアに観察させた。

　娼婦《しょうふ》である母親の元、花街で生まれ育ったクラウディアの他者を見る目は抜きんでているからだ。その観察眼は相手の表情や仕草から心の内まで読み取る、と言われるほど。

　実際、執務室の衝立《ついたて》の裏からこっそりユーディを観察していたクラウディアは、彼女の退室後、すぐにヴィンセントに幾つかのことを報告した。

　実年齢はかなり若い。加えて、目が悪いだろう、などなど。

　これらの報告にヴィンセントが疑いの眼差《まなざ》しを向けると、クラウディアから「そんなことだからヴィンは素敵な女性を見つけられないのよ」と皮肉を言われる始末。

　結局、ヴィンセントはその口車に乗せられる形で、今夜クラウディアの護衛役の１人に変装して花街に付き合わされる羽目になった、というわけだ。

　とはいえ、流石《さすが》の手際であったとも感心している。

ユーディの偽りの仮面を剝ぐために、助手の少年リュナにタイミング良く浴室の情報を流し、風呂上がりの彼女に不意を突く形で接触。そのままトントン拍子に眼鏡姿の彼女だけを客室から連れ出すことに成功している。

「ユーディのエスコートには、ちゃんとドキドキできたかしら？」

「茶化すな」

「大真面目よ。気になる子の手を引く機会を作ってあげたんだから喜んでくれなくちゃ」

明らかに嫌そうな表情を浮かべるヴィンセントの姿にクスクスと笑いつつ、クラウディアは改めて尋ねてくる。

「それで？」

質問の意図は分かっている。だから不承不承で答える。

「杖《つえ》を突いて歩くのも足の不自由さを装う演技だ。手を借りる相手への体重の預け方まで心掛けていたが、ちょっとしたことでボロが出ていた」

それもまた、今朝の段階でクラウディアに指摘され、ヴィンセントが疑ったことだった。

本当に足が悪いのか、はたまた卓越した演技なのか。その些細《ささい》な差を見抜くのに、今夜のエスコートはヴィンセントにとって十分すぎる時間だった。

「改めてクラウの見解を聞きたい」

ヴィンセントに尋ねられ、クラウディアは「そうね」と手にしていた仮面を付けてみせる。

「年頃の女の子が大人の仮面を被《かぶ》って背伸びしている、そんなところかしら？」

「他には？」

「私は好きよ。だって可愛《かわい》いじゃない」

「真面目に聞いている」

「真面目に答えているわよ。恋文代筆人の姿は社交界に売り込むためのイメージ戦略でしょうね。いいセンスしているわ。淑女らしいあの手のタイプは、社交界では男女問わず受けがいい。よほどの腕利きの仕立て人《プロデューサー》が背後にいるんでしょうね」

ヴィンセントの脳裏に浮かぶのは、例の未亡人しかいない。

「とはいえ、見た目だけではそこまで噂にはならない。恋文代筆人としての確かな実力があればこそ。現に私たちは、今夜その片鱗《へんりん》を目の当たりにした」

クラウディアの手には、いつの間にか花街恋文の用紙があった。

「豊富な知識、独自の見解。何よりあの子の恋文に対する価値観と姿勢は素直に好感が持てた。それに恋文代筆人としての鑑定眼もかなりなものなんじゃないかしら。実際ユーディが指摘してくれるまで、私は問題の花街恋文が全てすり替えられていたことに気付けなかった」

それはヴィンセントも同感だった。

セントとしてあの場に居合わせ、事の一部始終を客観的に見ていたが、全くそのことに考えが至らなかった。

今回の一件における関係者を熟知しているはずのクラウディアとヴィンセントが見落としていた穴に、何も知らないはずのユーディが5枚の花街恋文を見ただけで気付いてみせた。これには素直に感心するしかない。

「ただ欠点がないわけではないわね」

「欠点？」

「人を騙《だま》すことに関してはまだまだ経験不足。素人相手ならともかく、私たちみたいな玄人にはすぐに見破られてしまう。それにやっぱり根が問題。素直すぎるわね。真面目で努力家なんだろうけど、だからこそ予想外のアクシデントに弱い。優しすぎるのもよくないわね、すぐに情に流されてしまう」

そう淡々と語りながら、最後にこう締めくくる。

「ああいう人間はね、きっと本当の悪人にはなれない」

どこか哀愁を感じる声色が何を伝えたいのか、ロウワード公爵家の人間であるヴィンセントには理解できた。

「ヴィンは随分とあの子が気になるみたいね。私にチェックさせる以外にも色々と調べたんでしょ？」

「まあな」

クラウディアの言う通り、ヴィンセントはユーディについて部下に調べさせてみた。

ユーディは1年ほど前から恋文代筆人としての活動を始めている。ミレディ夫人という強い伝手《つて》もあり、すぐに社交界で名が知られるようになったという。

ただ、それ以前の彼女については一切分からなかった。

彼女がどこで生まれ育ち、どのように生きてきたのか、何一つ出てこなかったのだ。

そのことを思い出し考え込むヴィンセントの顔を、仮面を付けたクラウディアが覗き込んでくる。

「ヴィンはあの子に何かさせるつもりなの？」

興味本位で尋ねてくるクラウディアに、ヴィンセントは一言だけ答える。

「まだ言わない」

相手の思考を読むことに長《た》けているクラウディアに対して隠し事はできないことを、ヴィンセントは誰よりも理解している。

だからこそ、本心を明かすつもりがないのなら「言わない」とはっきりと伝える。

「もうケチね。はいはい。わかりました、わかりました」

そう伝えれば、クラウディアがそれ以上踏み込んでこないと分かっているからだ。

美しさと愛らしさを兼ね備え、傍若無人に振る舞いながらも、クラウディアは他人との距離を決して見誤らない。

求められれば触れ合うほど近付き、警戒されれば最後の一歩には絶対に踏み込まない。弁《わきま》えているのだ。どんなに魅力的に振る舞っていても、決して越えてはならない境界線を。

それもまた、ヴィンセントがクラウディアに好きにさせている理由である。

「なら1つだけ忠告してあげる」

「忠告?」

クラウディアはその顔に付けていた仮面を外し、こう告げる。

「本当のあの子を見誤ってはダメよ。その時、後悔するのはあの子じゃない。ヴィン、きっとあなた自身よ」

吸い込まれそうなほど美しい瞳、その口から紡がれたのはまるで予言。

「覚えておく」

ヴィンセントは素直にその忠告を受け取ることにした。

「じゃあ私は部屋に戻っているから」

「ご苦労だった」

「もちろん明日もユーディと一緒に付き合ってくれるのよね、私の忠実なペットのセントちゃん?」

その質問をヴィンセントは無視したが、クラウディアは肯定と受け取ったようで「それじゃ、よろしくね」と部屋を出て行った。

執務室で1人になったところで、クラウディアが置いて行った仮面に手を伸ばす。

そして今夜の恋文代筆人ユーディの仕事を思い出す。

ユーディは、娼婦サファイアに送られた5枚の花街恋文の書き手が同じであることを見抜いてみせた。それが恋文代筆人としての経験と卓越した鑑定眼によるものだと言われれば納得するしかない。

だが素直にそうできないのは、やはり最初の依頼において、彼女が最後に口にしたありえない助言があったからだ。

とはいえ、恋文代筆人としての実力が本物であることはもはや疑いようがない。

そうなると気になるのは、やはり彼女の素性についてだ。

調べても出てこない彼女の不透明な過去。クラウディアが見抜いた、社交界で受けが良《い》い作られた姿。

(そこまでするのは、単に地位と名声を得るためなのか?)

今朝のやり取りを思い出す。

彼女をロウワード公爵家のお抱えとして雇うことは、ヴィンセントとしては悪い提案ではないつもりだった。

それは恋文代筆人である彼女に、大きなメリットを提供できると思ったからだ。

しかし彼女の反応から、あまり快く思っていないことは察しがついた。

ただそれは、ロウワード公爵家ひいては黒公爵の肩書きに対して、一般的に抱かれる危機感からくるものだろうと軽く考えていた。

だがもしかすると、それだけではないのかもしれない。

(彼女が恋文代筆人をしているのには、何か特別な理由があるのか?)

ユーディをお抱えとして雇うことにしたのは、恋文代筆人としての腕を買ってのことであり、黒公爵として利用価値があると考えたからだ。

しかしヴィンセントの中で、それ以上に彼女のことを知りたいと思う気持ちが徐々に膨らんできていた。

ふとクラウディアの忠告が頭の中で蘇《よみがえ》った。

『本当のあの子を見誤ってはダメよ。その時、後悔するのはあの子じゃない。ヴィン、きっとあなた自身よ』

ヴィンセントはいったん落ち着くように息を吐いて椅子に寄りかかり、手にした仮面を天井に掲げるようにして見上げる。

「……本当のあの子か」

頭に浮かんだのは、凛《りん》とした恋文代筆人ではなく、折り紙で作った花を受け取り嬉《うれ》しそうに笑う眼鏡姿の彼女だった。

第3話　花街恋文の粋

1

「昨日は僕がいないところで随分とお楽しみだったみたいですね」

「何か誤解を生みそうな言い方はやめてほしいのだけれども」

　客室で朝食を一緒に取るリュナに、昨夜の花街での一件を伝えると、実に不機嫌そうにそう返されてしまった。

「仕方ないでしょ。急な話だったし、リュナは寝ていたんだから。それに何より、私は子供を花街に連れていくつもりはないわよ」

「ですが僕はユーディ先生の助手です」

「今回は諦めて。リュナが大人になったら花街に行くのも止めないから」

「大人になったらなおさら行くつもりはありません！」

「？　そうなの？」

「僕はそうなんです！」

ムキになって恥ずかしそうにパンに手を伸ばすリュナ。

ユーディは思う、年頃の男の子は難しい、と。

「そういえば、ユーディ先生。先ほど朝食を運んでくる際、廊下で執事のレンさんにお会いしまして、黒公爵からの言伝《ことづて》を預かりました」

「言伝？」

「昼食を一緒にどうか、とのことでした」

「それを先に教えてよ！」


眼鏡を外し、化粧も完璧に仕上げたユーディは杖《つえ》を手にする。

そのままリュナの案内に従い、待ち合わせの場所へとやってくると、すでに黒公爵ヴィンセントは、片眼鏡の執事レンを連れて待っていた。

「本日はお食事にお誘いいただきありがとうございます。……ところで、黒公爵様」

「なにかな？」

「……その、こちらでお食事をされるのですか？」

ユーディの視線の先にあるのは、ガヤガヤとした大食堂。

「普段はここで食べている。それこそ貴族を招いての会食でもなければな」

まさかの言葉にユーディは驚いた。

その反応が嬉しかったのか、「では行こう」と大食堂に足を踏み入れるヴィンセントは、どこか楽しそうである。

リュナの報告で聞いていた大食堂は、屋敷《やしき》の使用人やマフィア関係者たちが入れ替わりで食事をする場所であるそうだ。小さな城ほどの規模がありそうなロウワード公爵家にふさわしく、かなり広い造りになっている。おそらく100人以上の人間が一緒に食事を取ることができるのではないだろうか。

そんな大食堂を進む中、先頭を歩く黒公爵に気付いた者たちが、次々と声を掛けてくる。

「これは黒公爵様」「坊ちゃん、これからお食事で？」「今日は美人を連れてますね、若」

視界がぼやけていてはっきりとは見えないが、挨拶する声はどれも気さくで、ヴィンセントに話し掛けるのが嬉しそうな雰囲気を感じる。

食事をする者たちが座るテーブルが並ぶ中、一番奥にある大きめのテーブル席だけがまるで指定席のようにひとつポツンと空いていた。

ユーディをそこまで連れてきたところで、ヴィンセントが言う。

「座って待っていてくれ、食事を取ってくる」

意味が一瞬分からなかった。

だがそれが、自分のために黒公爵が食事を持ってきてくれるという意味だと理解した頃には、すでにヴィンセントは食事を受け取る列に並んでしまっていた。

（マズい！　どうしよう！）

追いかけるべきかと思ったが、足が悪いフリをして杖を手にしている手前、追いかけても逆に邪魔になる。

ここは素直に厚意に甘えるしかないと、ユーディはテーブル席にちょこんと座る。

それにしても、どうにも奇妙な光景だ。誰もが恐れる黒公爵が、他の使用人たちと一緒に配膳の列に並び、きちんと順番を待っているというのは。

ちなみに助手のリュナは、執事のレンと共にヴィンセントの後ろに並んでいる。ぼやけた視界でははっきりと見えないが、３人が何やら話しているようにも見える。

（いったい何を話しているんだろう？）

しばらくすると、美味《おい》しそうな料理が載った四角いトレーを２つ持ったヴィンセントが戻ってきた。

「待たせた」

「その……ありがとうございます」

手にしていたトレーの１つをユーディの前に置き、ヴィンセントもそのまま向かいの席に腰を下ろす。

ただどこか不機嫌さがあるように察せられる。

「どうかされたのですか？」

「先ほど料理を受け取る際に、料理長に小言を言われた。『女性を食事に誘うのに食堂に連れてくる奴があるか』とな。『そういう時は先に言え、来客用の個室でちゃんとしたコース料理を用意した』とも怒られた」

誰もが恐れる黒公爵に対して、そこまでモノ言う料理長とはなんとも凄《すご》そうだ。

「キミもそちらの方が良かったかな？」

「いえ私はどちらかというと、肩肘を張るような食事よりは、こういう方が落ち着きます」

素直にそう答えると、ヴィンセントは「そうか」とホッとした様子を見せた。

「この大食堂は、ロウワードの屋敷で働く者たちが、気軽に利用できる場所になっている。……だから臆せず普通に食事をしにくるといい」

そこで察する。もしかすると今回、ヴィンセントが声を掛けてくれたのは、ユーディが客室で食事を取り、部屋から出てこないと知ったからではないだろうかと。

急な食事の誘いは、案内がてら、自分をこの大食堂へ引っ張り出すための口実だったのかもしれない。

そう思ったら、途端に恥ずかしくなる。

（違うかもしれないけど。……もしそうなら、少しは喜んでいいのかもしれない）

「さあ、食べようか」

「い、いただきます」

リュナが客室まで運んでくれた食事はもちろん美味しかった。でも食堂に来て熱々の料理を食べるのは、もっと美味しく感じる。

　ぼやける視界で改めて周囲を見渡せば、雰囲気はどこか庶民が利用する食堂と似ている。

　そんな中で、ふと正面に目を向ければ、黒公爵と恐れられる男が普通に自分と同じモノを食べている。やはり不思議な気分だ。

　ただもちろん、そこは貴族。所作の一つ一つが丁寧で、どこか気品を感じさせる。

　ちなみに少し離れた隣のテーブルでは、助手のリュナと執事のレンが向き合うように座り、食事をしながら会話をしている。その様子に改めて思ってしまう。

（リュナは凄いな。昨日の今日で、もう溶け込んでいるように見える）

　社交性に富むというか適応力が高いというか、あそこまでいくと頼りがいがあるというより羨ましく思ってしまう。

「昨日はすまなかった」

　ヴィンセントの言葉に、思わず背筋が伸びる。

「……えっと？」

「花街の件だ。急に仕事を振って悪いとは思ったのだが、クラウに無理にと頼まれてな。

キミの仕事ぶりを褒めていたよ」

　食事を続けながら語るヴィンセントに、ユーディは微笑《ほほえ》み返す。

「お役に立てたのでしたら何よりです」

　そう答えながらも、クラウディアがそうであるように、ヴィンセントもまた彼女のことを愛称で呼ぶことに気付いた。やはり2人はそういう関係なのだろう。

「キミをお抱えの恋文代筆人として雇って正解だったようだ」

「いえ、まだそこまでのことはしておりません」

　なんだか高評価を受けているようなので、さりげなく自分の評価を下げに掛かる。

「初めて依頼した時のことで察しているかもしれないが、私はあまり恋文文化に詳しくなくてな。できれば色々と教えてくれると助かる」

　ただ、その言葉には顔を上げる。

「黒公爵様は、恋文にご興味がおありで？」

「キミの仕事ぶりに触れて、それなりに関心が出てきた、といったところかな？　後学のためにも知ろうとは思っているのだが……どうにもとっかかりが分からなくてな。まず何から手を付けるべきだろうか？」

　苦笑交じりの声色に、ユーディは率直な意見を述べる。

「無理に知ろうとする必要はないのではないでしょうか？　こういったことはあくまでも

興味の延長に、自《おの》ずと身に付くものです」

「そういうものか」

「はい。それに恋文とはあくまでも手段です。誰かに手紙を通して気持ちを伝えたいと思った時に初めて向き合う。私はそれでいいと思います」

「だがそれでは、いざという時、何も出来ないのではないだろうか？」

「おっしゃっていることは間違いございません。ただ人間、好きではないことにそこまで情熱を向けるのは難しい。それが正解がないものならなおさらです」

「正解がない？」

「思いの伝え方は千差万別。彼《か》の者を思い、我を伝える。そこに唯一正しい道筋があるのかどうか、結局のところ分かりません」

「恋文が成就するかは神のみぞ知るということか？」

「あるいは神様ですらご存じないかもしれません。私が知る神話の物語には、神様が恋に失敗して痛い目を見る話もたくさんありますから」

ユーディの話を聞いて、ヴィンセントが楽しそうに笑う。

「なるほど。神ですら失敗するのなら、人間であればなおさらか」

「もし黒公爵様が、趣味としてお考えなら止めは致しません。ただそうでないのなら、無理をされることはないかと。……それに、そんな方々のいざという時をお手伝いするために、私たち恋文代筆人がいるのですから」

「確かにその通りだな」

納得するように頷《うなず》くヴィンセントは、水の入ったコップに手を伸ばす。

「ユーディ。キミはなぜ恋文代筆人になろうと思ったんだ？」

――会話の途中に出てきた何気ない質問。

すぐに浮かんだのは今こうして恋文代筆人をしている理由。

だからその答えはいったん心の奥に仕舞い、改めて最初の頃に抱いていた気持ちを思い出してみる。

「……強いて言えば、恋文というものが好きだったからでしょうか」

「？　書くことが？」

「いえ、誰かの恋文を読むのが好きだったんです。自分の大切な相手に向けた恋文は、時に素直で、時に美しく、恥ずかしくなるくらい情熱的で、微笑みたくなるくらい奥ゆかしくて。……そんな誰かを想《おも》う温かな気持ちを感じることが、好きだったんです」

幼い頃に目にしたそれらを思い出し、懐かしい気持ちになる。

そう語るユーディに、ヴィンセントが興味深そうに尋ねてくる。

「私は詳しくないが、他人の恋文というのは、そんなに簡単に見られるものなのか？」

「恋愛小説や詩集などもありますし、逸話にある亡き王妃殿下の恋文のように、有名なモノが一部複写されて出回ることもありますから。ちなみに私が幼い頃に愛読していたのは、歴史上の人物たちの恋文をまとめた《恋文全典》という本でした」

「そのような本もあるのだな」

「はい。たまたまですが、我が家にはそういう本があったんです。とてもたくさん」

懐かしく、それでいて哀愁漂うような気持ちになるのは、それら全てが炎に焼かれ、灰となって消えているからだろう。

そんな気持ちを表に出さないように、笑顔を貼り付けたままユーディは続ける。

「グラダリス王国で恋文文化が花開き、恋文代筆人と呼ばれる存在が認知されていくのを目の当たりにしていくうちに、それなりの知識を持っていた私は、自分もなってみたいと思った次第です」

「家族には反対されなかったのか？　一般的な考えだが、そういう新しいことをしてみたいと言っても、女性の立場だと受け入れてもらえない気がしてな」

そう尋ねられ、チラリと黒公爵を見る。

きっと大丈夫。興味からの質問であって、私の過去を探ろうとしている訳ではない。

「いえ、特に反対はされませんでした」

嘘《うそ》である。もう誰もいなくなっていたから、相談なんてできなかった。

ユーディが今、恋文代筆人をしていることなど、死んだ家族たちは誰も知らない。

「それに似たことをしていた人間が家族にいたもので」

「似たこと？」

「代筆業です。家業の傍ら、頼まれれば引き受けていました。それもあって我が家は珍しく皆が文字を書けたんです」

隠さなければいけないことを口にした。

黒公爵が自分のことを怪しむ反応が見たくて。

「恋文文化の広がりもあって識字率は上がっているが、まだまだ文字が書けない者もいるからな」

しかし予想に反して、黒公爵はそんな素振りは見せず、ただ会話を楽しんでいる。

「やはり家族の影響はあるものだな。私も同じだ。なんだかんだあったが、結局は黒公爵の名を継ぎ、その役目に従事している」

「黒公爵様……いえ、ヴィンセント様はいつ黒公爵の名を継がれたのですか？」

「かれこれ2年近く前だ。先代から突然指名されてな」

「それまでは、その……家のお仕事とは無縁だったといったことは……」

暗にマフィアの仕事に携わっていたかを恐る恐る尋ねるユーディに、ヴィンセントは肩を竦《すく》めてみせる。

「まさか。幼い頃からどっぷりだったさ。それなりのモノを見てきたし、それなりのこともしてきたと思っている」

言葉通りに取れば、マフィアの1人として犯罪に手を染めていたという風にも取れる。

だが逆に、昨日の契約書作成の際に触れていた商売の話にも当てはまる気もする。

もう少し詳しく聞いてみるべきか、否か。

そんな考えがユーディの頭を過《よぎ》った。

「この仕事が嫌になることはないか？」

――ふとした質問だったと思う。

でも、その言葉にはヴィンセントの本心が隠れているように感じた。

「……ないと言えば嘘になります。ですが私にはこれくらいしか出来ませんから」

そう。諦めない方法はそれしかなかったのだ。

「ヴィンセント様はどうなのですか？」

「私か？」

「今のお立場が嫌になることはありませんか？」

「ないな」

即答だった。

「俺は黒公爵になりたかったし、そうであることを誇りに思っている。それはこれからもきっと変わらない」

そう口にした彼は、権力に溺れた貴族にも誰もが恐れる極悪人にも、見えなかった。
むしろ真逆。
真っすぐな瞳をした彼のことを、まるで物語に登場する英雄のように感じてしまった。
——黒公爵と呼ばれる彼のことを、そんな風に思ってしまった。
そこから何を話したか、ユーディはあまり覚えていない。
ただ昼食を食べ終わると、ヴィンセントはすぐに席を立った。
「楽しい昼食だった。よかったらまた付き合ってくれ」
「私でよろしければいつでも」
口にした言葉の半分は建て前。でも残り半分は本心だった。
それを自覚しているからこそユーディは考えてしまう。
これ以上、黒公爵に近付くべきではない。
（……でも、もう少しだけこの人のことを知りたい）
心の中に芽吹いたその気持ちに、ユーディは抗《あらが》えずにいた。

2

「ユーディ、迎えに来たわよ」

夕刻になると、約束通りクラウディアたちが客室までやってきた。

昨日からの流れもあるので、ユーディは化粧を落とし眼鏡姿になっている。

杖《つえ》を手にしていないのも、クラウディアの後ろに、昨晩別れ際に紙の花をプレゼントしてくれた、白い仮面の優男セントがいるからだ。

「今日もよろしくお願いします、セントさん」

「……」

幼少期に原因があり声を出せないらしいセントは頷くと、黙ってユーディに腕を差し出してきた。

その様子を見て、なぜかクラウディアがクスクスと笑っていた。

留守番となるリュナはずっと機嫌が悪いままだったが、それでも出発する時には「ユーディ先生、いってらっしゃい」と見送ってくれた。

ただ妙にセントのことをジロジロと見ていたのが、ユーディは少し気になった。

一行は昨日同様に馬車で花街に入り、そのままサファイアのいる娼館《しょうかん》へ。

店を訪れると、先頭に立つクラウディアの元に娼館の店主が近付いてくる。

「お待ちしておりました。すでに皆様をお出迎えする準備はできております」

馬車の中で今夜の段取りは聞いている。

まもなく、この娼館にサファイアの身請けに名乗り出た5人の客が集まる手はずになっているそうだ。

そこで誰が彼女を身請けするのかを発表するとのこと。

もちろんそれだけではないだろうことを、ユーディは察していた。

その間だけ、この娼館は貸切《かしきり》状態になるらしく、通された広いラウンジにはユーディたち以外には誰もいない。

クラウディアは仮面を付けた2人の護衛ゴードンとリチャードと共に、店主と何やら話をしている。

その間、ユーディはセントの手を借りて、ラウンジ隅に用意された椅子に腰を下ろす。

「ありがとうございます」

お礼を言うと、セントは小さく頷いた。

そしてユーディをひとりその場に残し、裏手に続く通路の方へと行ってしまった。

(何か用事があるのかな?)

そう思ったところで、店主との打ち合わせを終えたらしいクラウディアたちが、こちらにやってきた。

「緊張していない?」

「私はここで見ているだけですから」

「もうそろそろ、候補者たちがやってくるはずよ」

その言葉通り、1人また1人と身なりの良《い》い男たちがラウンジに姿を現す。

クラウディアは、そんな候補者たちがやってくる度に、彼らのことを教えてくれた。

最初にやってきたのは、白髪交じりだがどこか若々しい初老の男性。聞けば王都で有名な大店《おおだな》を何店舗も持つ大旦那であるらしい。気立ての良いサファイアを気に入り、後妻にと声を掛けているとのことだ。

続いてやってきた2人の男性たちも仕立ての良い服に身を包んでいる。

1人は軍の高官であり、もう1人は王都で人気の飲食店のシェフであるそうだ。

その次にやってきたのは、これまでの3人と比較すると若干頼りなさそうな男性。

「あの人がサファイアの想い人」

なんとなくそうなんだろうとユーディは思っていた。どこか優し気なその男性は、誰よりも真剣な瞳をしているように感じたからだ。

そして最後にやってきた人物が現れた途端、店主を始めとした店員たちが一斉に頭を下げる。

煌《きら》びやかな服を纏《まと》い、腰に家紋の入った剣を下げた男は、これまでの4人とは明らかに雰囲気が違う。どこか周囲を見下すような不遜な態度は、まさに貴族の特徴そのものだ。

「ブルーム公爵家のジーク様よ」

間違いなくこの男こそが、昨日の話に出てきた、さる公爵家の三男坊だろう。

そんなジークの後ろには、小奇麗な恰好《かっこう》をしたどこか気取った男が立っている。

この目で見るのはもちろん初めてだ。でも自身の特別な力によって、5枚の花街恋文の裏側を感じ取っていたユーディは、その男こそがブルーム公爵家お抱えの恋文代筆人であると察しがついていた。

「時間ね」

クラウディアは「見ていてね」とユーディの肩をポンと叩《たた》くと、白い仮面を付けた2人の護衛を引き連れ、椅子に腰掛ける5人の男たちの前に立った。

「この度はお集まりいただきありがとうございます。黒公爵様のご命令により今宵《こよい》の進行を務めさせていただきます、クラウディアと申します」

黒公爵の名前が出た瞬間、その場の空気がピリッとなる。

ここにいる誰もの表情に緊張が走ったのが、傍《はた》から見ていてよく分かった。

それはまさに、世間が黒公爵に抱く恐れを表しているかのようだった。

5人の候補者たちに笑顔を向けながら、クラウディアが手を挙げる。

すると奥から1人の娼婦《しょうふ》が姿を現した。

昨日よりさらに着飾り、もっと美しくなったサファイアである。

目を奪われるサファイアの姿に、男たちの目の色が変わる。

ある者は見惚《みと》れ、ある者は熱の籠った視線を向け、そしてまたある者は下品な笑みを浮かべている。

クラウディアは続ける。

「改めて黒公爵が定められた取り決めの確認をさせていただきます。『サファイアは皆様よりお預かりした無記名の花街恋文の中から1枚を選び、その方に身請けされる』。以上でございます」

相違ないかと5人に目を向け、それぞれが頷《うなず》くのを確認すると、端に控えていた娼婦見習いの少女に合図を送る。

少女によって運ばれてきたトレーには5枚の花街恋文が並んでいる。

全員が注目する中、クラウディアは1枚を手に取り、美しい声で感情豊かに読み上げる。

『麗しのキミと添い遂げたい心は誰にも負けない。眩《まぶ》しき華よ、この私を選んでおくれ』

それを聞いたほとんどの男たちは表情を暗くした。今読み上げられたのが、サファイアが選んだ恋文だと思ったからだ。

だがその様子を傍から見ていたユーディは逆だった。

(ここでクラウディアさんが、その恋文を書いた人物に挙手でも促せば、必然的に不正を働いた犯人を炙《あぶ》り出《だ》すことができる)

──だがそんなユーディの予想通りに事は運ばなかった。

なんとクラウディアは、続いて2枚目の花街恋文に手を伸ばし読み始めたのだ。

困惑する男たちの前で、さらに3枚目、4枚目と読み上げていく。

何かがおかしい。

そんな表情を浮かべた男たちの考えは、最後の5枚目が読み終えられたところで確信に変わる。

「……以上が、今回サファイアに送られた5枚の恋文となっております」

そしてクラウディアは、その場に集まった候補者たちを見回し、こう尋ねたのだ。

「今読まれた5枚の中に皆さまが送られた花街恋文はありましたでしょうか？　もしおありの方がいらっしゃいましたら、挙手をお願いいたします」

当然、誰も手を挙げなかった。

むしろ誰もが他の男たちに疑いの眼差《まなざ》しを向け始める。

この様子を確認し、クラウディアが「なるほど」と頷く。

「どうやら何かしらの不手際があったようにございます。そこで皆様に改めてお願いがございます。今一度、皆様には無記名で花街恋文を書いていただきたく。その中から本日改めてサファイアが1枚を選ばせていただきます」

まさかの仕切り直し。とはいえ、明らかに不正があったであろう状況に、何人かは物問いたげな表情をしている。

そこでクラウディアがにっこりと微笑《ほほえ》む。

「もしご不満がありましたら、今この場でおっしゃっていただいてかまいません。本件を取り仕切る黒公爵の名代として謹んでお聞きいたします」

もはや、けん制とも脅迫とも取れる黒公爵の名に誰もが口を閉ざした。

結局5人の候補者たちは、クラウディアの指示に従う形で、用意された別々の個室へと案内されていく。

案内役の店員たちと共にラウンジを後にする候補者たちの中、ユーディが特に気になったのは、やはり公爵家の三男。

明らかに苛立《いらだ》ちを浮かべ、その後に続く恋文代筆人の男も気が気ではない様子である。

今宵の主役であるサファイアもまた、一度部屋に引き上げるようだ。

ただその去り際、ユーディに目を向け微笑みながら口をパクパクさせる。

『ありがとう』

ユーディも他の人にバレないように小さく手を振ると、サファイアも嬉《うれ》しそうに小さく手を振り返し、そのままラウンジを後にした。

「あー疲れた。慣れないことはするものじゃないわね」

そんなのんきな言葉と共に、進行役のクラウディアが戻ってきた。

「クラウディアさん。よろしいでしょうか」

「何かしら、ユーディ？」

「その……さっきのやり方ではマズいのではないでしょうか？　あれでは花街恋文をすり替えた犯人を特定することができません」

昨日、自分が提案した方法と違う、と不満を見せるユーディに対し、クラウディアはあっけらかんと答える。

「犯人を見つけるつもりなんて最初からないわよ」

「えっ？」

「ユーディは誰が犯人だと思う？」

「……多分ですが、ブルーム公爵家のジーク様と娼館の店主が結託したのではと」

推測のように答えたが、実際には能力により確信している。

「でしょうね。私もそう思うわ」

「なら……」

「それを暴いてどうするの？」

逆にされた問いかけに、ユーディは言葉を詰まらせた。

「黒公爵の決定は、サファイアが選んだ花街恋文の相手に身請けさせる。それだけよ」

つまり誰かが不正を働こうが関係ない。

そう取れる言葉に、モヤッとした気持ちになる。

「……ならもし、サファイアさんがジーク様の恋文を選んだら、どうするんですか？」

「ジーク様に身請けされてもらうわ」

「そんなのヒドイじゃないですか！」

ムキになるユーディに、クラウディアが目を細める。

「面白いことを言うわね。ただの娼婦が公爵家の人間に身請けされる。滅多にある話ではないわ。それで何不自由ない暮らしが約束される。悪いことなんてないじゃない」

冷徹さを孕《はら》んだクラウディアの言葉が信じられなかった。

「でも想《おも》いを寄せる人と一緒になれません」

「そんなの女だったら当たり前じゃない」

反論できなかった。

貴族の淑女であろうが庶民の娘であろうが、相手を決められてしまえば逆らうことは難しい。素敵な恋物語のように、好いた相手と結ばれることなどそうそうないのだ。

「だいたい好きな男と一緒になったところで幸せになれるとは限らない」

「そんなことは絶対にありません！」

自分を睨《にら》み付《つ》けるユーディの真剣な表情を目の当たりにして、クラウディアはニヤリと笑う。

「そうね。私もそう思うわ」

「……えっ？」

「ああ、ちなみにさっきのは黒公爵の名代としての回答よ。きっとヴィンならそう答えるだろうから」

ユーディはここで気付く。ずっとクラウディアに揶揄《からか》われていたことに。

ワナワナと顔を赤らめるユーディに、クラウディアは悪びれた様子もなく手を振る。

「そう怒らないでよ」

「怒りますよ！　クラウディアさんは、そういうことを言わない人だと思ってました！」

「人を見る目がないわね。私はそれなりにヒドイ女なのよ」

「そうみたいですね！　覚えておきます！」

プイッとそっぽを向くと「だから怒らないでよ」と抱きついてきたが、それも無視する。

もちろん揶揄われたのは腹立たしい。だがそれ以上に、ユーディの気持ちをざわつかせたのは、黒公爵の名代としてのクラウディアの言葉だった。

「……もし本当に黒公爵様が、先ほどクラウディアさんがおっしゃったようなことを言われるのであれば、やはりあの方はヒドイ方なのですね」

今日昼食を共にしたヴィンセントの顔を思い出し、そう口にしてしまう。

「そうかしら？」

「そうじゃないですか」

「でも事実よ」

耳元で囁《ささや》かれた一言に、思わず息を呑《の》んだユーディから、クラウディアが離れる。

「どんなに残酷な現実であっても、ヴィンはそのことから決して目を背けない。彼はそういう人間。だから黒公爵なの」

クラウディアのその言葉からは、ヴィンセントに対する圧倒的な信頼を感じた気がした。

「……聞いてもいいですか？　クラウディアさんは今、この状況をどう見ていますか？」

どこか感情的になってしまっている自分とは真逆に、変わらず落ち着いた様子をみせる大人の女性クラウディア。彼女はどう感じているのか。ユーディはそれが気になった。

「昨日サファイアが言っていたでしょ、『自分の人生を決める機会を与えられた』って。私は娼婦という立場をよく理解している。サファイアがどういう人で、自分が娼婦であることをどう思っているかもね。……だからこそ私は、そんな彼女に摑《つか》み取《と》って欲しい」

クラウディアはニヤリと不敵な笑みを浮かべ、こう続ける。

「黒公爵が用意した機会を犯人探しなんてくだらないことで台無しにしたくない。だって私は信じているから、サファイアなら好きな相手からの恋文を絶対に選べるって」

そう胸の内を語る彼女の微笑みにつられるように、ユーディも自然と笑顔になっていた。

「私も、そう思います」

「そろそろ時間ね。サファイアに答えを聞きに行きましょうか」

クラウディアが椅子に座るユーディに手を差し出してきた。

その手を取り、サファイアがいる部屋に向かう道すがら、クラウディアが今の状況を教えてくれる。

候補者たちがしたためた花街恋文は、すでにマフィアの人間によって不正なくサファイアの元に届けられており、さらに下手な介入がないよう候補者たちには発表のタイミングまで各部屋で待機してもらっているそうだ。

「今頃サファイアは、候補者たちの花街恋文に目を通し終えているはずよ」

そして2人は、サファイアがいる部屋を訪れる。

するとそこには、瞳から涙を流す彼女の姿があった。

「ど、どうしたんですか！」

その姿に驚くユーディに、サファイアは慌てて手を振る。

「違うんだよ。つい嬉しくてね」

サファイアは微笑みながら、机に並ぶ、自らに送られた5枚の花街恋文に目を向ける。

「どの花街恋文をどの旦那が書いてくれたのか。それが手に取るように分かるんだ。……

だからこそ、それぞれの旦那が贈ってくださった言葉が嬉しくってね。ありがたい話だよ。こんな私のために」

そう感謝を述べながらも、サファイアはそっと手を伸ばす。

「でも私はこの人を選ぶ。……それでも思っちまうんだ。こんな私に素敵な言葉をくださった他の旦那方に申し訳ないってね」

そう目を伏せるサファイアを見て、ユーディは思った。

彼女が情の深い女性なのだと。それこそが彼女の魅力であり、だからこそあれだけの男性たちが彼女に恋をし、身請けを名乗り出たのだろうと。

「では、こうするのはどうでしょう?」

だからユーディは、恋文代筆人としてサファイアにある提案をした。

3

『ただずっとキミと手を繋《つな》いで生きていきたい』

再びラウンジに集まった5人の候補者とサファイアの前で、クラウディアが恋文を読み上げる。

「以上がサファイアの選んだ花街恋文となります。また、それをどなたが書かれたかについては、この場では伏せさせていただきます」

　これを聞き、候補者の男性たちは思い思いの表情を浮かべていた。

　ただそんな中で、ひとり声を荒らげ立ち上がった者がいた。

　ブルーム公爵家三男ジークである。

「ふざけるな！」

「この僕が選ばれないだと！　ありえない！　折角、この僕が妾《めかけ》にしてやると言っているのだぞ！」

　怒りのままサファイアに近付こうとするジークの前に、クラウディアが立ちはだかる。

「おやめください、ジーク様」

「うるさい！　商売女如《ごと》きが、僕の邪魔をするな！」

　口汚く罵るジークが、クラウディアを突き飛ばそうと手を伸ばす。

　だがその手は、屈強な腕によって遮られる。仮面を付けた護衛ゴードンである。

　そんなゴードンに驚き、ジークが思わず下がる。

「き、貴様！　僕に逆らう気か！　このブルーム公爵家のジークに盾突くとどうなるか分からぬようだな！」

　癇癪《かんしゃく》を起こして喚《わめ》き散らすジーク。

　その態度を諌《いさ》めようにも、本人が言うように相手は貴族。周囲の誰もが下手に口出しできずにいる。

そんな中、候補者の中で笑い始めた者がいた。

「どうやらブルーム家の坊ちゃんは、花街のなんたるかがまるで分かっていないようだ」

白銀交じる御髪が目を引く、大旦那である。

「何がおかしい⁉ まさか勝者の余裕という訳ではあるまいな‼」

「残念ながら、ワシも坊ちゃんと同じ負け犬の1人ですよ」

「なら何を笑っている！ あの女は僕たちを袖にしたんだぞ！」

「それを笑って許すのも男の器量というものだ。それにサファイアはただ別の男を選んだわけではない。ワシはそのように思いましたがな」

そう言って掲げられた大旦那の手には、1枚の花街恋文があった。

「な、なんだ、それは？」

「サファイアから送られた花街恋文の返事です。内容も大したことではない。『好《い》い年なんだから酒の飲みすぎには注意して長生きしろ』といったことが書いてあるだけだ」

「ふざけているだろう！」

「それは言われた相手にもよるでしょう。見ず知らずの娼婦《しょうふ》に言われたのであれば腹立たしいだけだが、ワシはサファイアがどういう女か知っている。だからこそ彼女がくれたこの言葉は、ワシにはまったく違うように見えた」

大旦那はジークに言う。

「花街恋文はただの恋文に非《あら》ず。送り合う2人が積み重ねてきたこれまでがあるからこそ、そこに書かれた言葉の意味は、まったく違うものとなる。たとえそれがどんなに短く、どんなにヒドイ内容であっても、書いた相手の顔が浮かべば、何より情深い恋文になる」

そしてチラリとサファイアを見て、苦笑する。

「まったく、フッた相手に粋なことをしてくれる。惚《ほ》れた女からこんな返事を貰《もら》ったら、笑って送り出したくもなるというものだ」

そう渋く笑う大旦那の姿を前に、ジークは他の候補者たちにも目を向ける。

大旦那同様、他の候補者2人も納得したような表情を浮かべており、その手には花街恋文が握られていた。

「……僕は、そんなものはもらっていない！」

「さて、それはなぜでしょうな？　心当たりがおありでは？」

大旦那が口にしたのは、まるで問い詰めるような言葉だった。

その場にいた者たちから向けられる、そんな非難の視線に耐え切れなくなったのだろう。

ジークは突然奇声を上げたかと思うと、後ろに控えていた恋文代筆人を殴りつけた。

「お前が、下手な恋文しか書けぬからだ！」

「お、お許しください！」

「この愚図が！　無能が！」

亀のようにその場に蹲《うずくま》る恋文代筆人の男を蹴りつけ、八つ当たりする、ジーク。

そんな見苦しい貴族の姿を前にして、誰もがただただ見守っているだけ。

分かっているのだ。

相手の気が済むまで傍観するしかないと。絶対に関わるべきではないと。

それが庶民の正しい在り方であると。それが庶民と貴族のかくあるべき姿なのだと。

もちろんユーディも、それは分かっているつもりだった。

――だが自らの為《ため》に力を尽くした恋文代筆人に対して、ただただ無情な仕打ちをする貴族の姿を目の当たりにして、そうすることができなかった。

「本当に、その方が書かれた恋文は、それほど悪い内容だったのでしょうか？」

まさかの一言に、その場にいる誰もが驚いた。

ジークの手は止まり、血走る目がギロリとこちらを向く。

「誰だ？」

一人で前に進み出る、ユーディ。

その姿には、クラウディアまでもが「ちょっとユーディ！」と小声で焦り出す。

「なんだ、眼鏡の小娘。何が言いたい？」

自らと向き合う貴族の鋭い眼光を前にして、ユーディは胸を張り、口を開く。

『ただ願う、夜の街に咲く蒼《あお》き華を手折り、我が胸元に刺すことを』

『私の心を放さぬ蒼玉の君よ。その輝きを手にするただ1人の男でありたい』

ユーディは2つの花街恋文の内容をそらで読み上げた。

それがいったい何であるのか、ジークには分からなかったらしい。

だが蹲っていた恋文代筆人の男は違う。ボロボロの顔を上げ、驚いた表情を浮かべている。

すり替えられたサファイアへ送られた5枚の花街恋文のうち、この2つの花街恋文にだけ書き手の気持ちが籠っていたからだ。

意に沿わぬ命令の中で、それでも書き上げた、本人にとっては会心の花街恋文だったのだろう。

「どちらも素敵な花街恋文でした。……ですが残念ながら、それはただ綺麗《きれい》なだけだったのでしょうね」

チラリと大旦那に目を向ける。

「送り合う2人が積み重ねてきたこれまでがあること。先ほどお聞きした言葉に、私は深い感銘を受けました。花街恋文とはどういったモノであるか、やはりそれは実際に恋文を交わす方々が一番ご存じなのでしょう」

「だから何が言いたい！」

ユーディは眼鏡の奥の瞳で、目の前の貴族を真っすぐに睨《にら》む。

「恋文代筆人は、あくまでも代筆人です。送り手に寄り添い、その気持ちを代筆することしかできません。もし送った恋文に通う心がなかったとしたら、それは花街恋文の本質を理解せず、ただ美しいだけの恋文を書かせてよしとした、あなた様にも問題があったのではないでしょうか？」

面と向かっての指摘に、ジークの顔がみるみる真っ赤になっていく。

「女風情が、この僕によくもほざいたな！」

ジークが腰に下げた剣の柄《つか》に手を掛け、一気に引き抜いた。

露《あら》わになった白刃に、誰かの悲鳴が上がる。

緊迫した空気の中、ジークは手にした白刃を高々と掲げ、ユーディを睨み付ける。

その目が訴えかけてくる。

這《は》いつくばって許しを請え、無様に命乞いをしろと。

ユーディは目を逸《そ》らさなかったし、逃げようともしなかった。

ただ相手を睨みつけたままだった。

その態度が気に入らなかったのだろう。

凶器を手にした貴族の目に殺気が籠った。

（あっ、斬られる）

直観的に悟った。

――これで終われる、そう思った。

ガキン！

そんなユーディの眼前で、振り下ろされた刃が受け止められる。

ユーディを後ろから抱き寄せて守る、誰かの剣によって。

誰もが唖然《あぜん》とする中、覚えのある手の感触に、ユーディは顔を上げる。

だがそこにいたのは、想像していた白い仮面の人物ではなかった。

「……黒公爵、様？」

そこにいたのは、黒公爵ヴィンセントだった。

誰もが恐れる美しき男のまさかの登場に、その場にいた多くの者が目を見開く。

「く、黒公爵。なぜここに？」

それは剣を振り下ろしたジークも同様。驚いた表情で後退《あとずさ》りする。

「たまたま別件で近くを立ち寄ったもので。少し様子を見ようと顔を出したのですが、……どうやら看過できない状況のようだ」

黒公爵の低い声色に皆が息を呑《の》み、ほとんどの者が恐ろしさから目を伏せ、中には平伏する者までいる。

「黒公爵、これは……その……」

「ジーク殿のお怒りはごもっとも。申し訳ない。私の恋文代筆人が大変失礼なことを口にした。あとでしっかりと躾《しつ》けておきますので、この場はご容赦いただきたい」

ヴィンセントは、急ぎ近づいてきたクラウディアにユーディを託す。

そのままラウンジの端まで手を引かれていったユーディは、無言のクラウディアにお尻を思いっきり抓《つね》られ、悲鳴を上げそうになった。どうやらかなり怒っている様子だ。

「ところでジーク殿。花街の流儀はご存じか？」

「な、なんだ、急に？」

「『男はただ気に入った女を口説き落とす』。その意味はつまるところ、女を自分に惚れさせることにある。その際、どんな手を使おうとも構わない。金、地位、言葉、……時に策謀を巡らせるのも一興だ」

その言葉は暗に、お前が今回やったことは全て分かっていると言わんばかり。

「ぐっ」

「だからこそ権力を振り翳《ふかざ》し、ただの力尽くで女を従わせようとすることは、この花街においてはただただ無粋な振る舞いでしかない。どうやらジーク殿には花街遊びは合わないご様子。今後は花街への立ち入りはご遠慮いただいた方がよさそうだ」

ヴィンセントがそう口にした瞬間、ジークの顔が一気に青ざめた。

「ま、待ってくれ、黒公爵！　それは困る！」

「そうおっしゃられても」

「私が悪かった！　今後、無作法はしないと誓う！　だから頼む！　それだけは勘弁してくれ！」

尋常ならざる様子で慌てふためくジークは、さらに頭まで下げてみせる。

信じがたい光景に、ユーディは唖然となる。いったい何がどうなっているのか？

そんなユーディの様子を見て、クラウディアが疑いの眼差しを向けてくる。

「ユーディ。まさかとは思うけど、あの男が花街で女遊びが出来なくなるのが嫌であんなにうろたえていると思っていない？」

「違うの、ですか？」

「それも少しはあるだろうけど、本質はそこじゃない。花街に入れなくなるということは、悪徳貴族にとっては致命的なのよ」

「？　どういうことでしょう？」

「花街を取り仕切るのはロウワード家であり、その治安維持も全て一任されている。だからこそ花街には憲兵はおろか国王の近衛兵《このえへい》ですら立ち入ることが許されない。……これがどういうことだか分かる？」

そこでユーディは察する。

「そういうことよ。裏で悪事を働く貴族たちが王都で悪巧みをする場所は、花街と相場が決まっているの。だからこそその会合に参加できないなんてことはあってはならないことなのよ」

権力者として甘い汁が吸える話に交ぜてもらえず、爪弾《つまはじ》きになる。

それが有力貴族にとってどれほどマズいことなのか、ユーディには分からない。

ただ今にも黒公爵の靴を舐《な》めそうなジークの姿を見る限り、よほどマズいことなのだろうというのは察することができた。

「頼む、何でもする。何でもするから……」

その姿を前にして、ヴィンセントは静かに頷《うなず》く。

「分別ある行動をしていただければ、私としてもそのような処置をするつもりはありません。では今回の身請け話には、ご納得いただいた、ということでよろしいですね？」

「もちろんだ！　サファイアからは潔く手を引く！　今後も一切、手出ししないと誓う！」

「もう1つ。こちらは私の個人的な願いなのですが、私の恋文代筆人が無礼を働いたことについて、どうか寛大な心で許していただけるとありがたく」

「もちろんだ！　許す！」

「感謝致します」

言質を取り、美しい笑みを浮かべたヴィンセントは、ユーディたちの方に目を向ける。

「クラウ。わざわざご足労いただいたジーク殿、そして他の候補者だった皆様に一席設けてさしあげろ」

「かしこまりました、ヴィンセントお兄様」

そのやり取りに、ユーディは思わずギョッとなる。

「お、お兄様！」

驚くユーディに、クラウディアがウィンクをしてみせる。

だが驚いたのはユーディだけではなかった。

ジークの顔が再び真っ青になっていく。

「く、黒公爵。そ、そちらの女性は？」

「クラウディア・ディル・ロウワード。我が愛する妹の1人にして、ロウワード家に名を連ねる淑女にございます」

ヴィンセントの紹介を受け、クラウディアは貴族の淑女として恭しく礼をしてみせる。

「そう言えば、先ほど……ジーク殿は、我が妹に向かって随分と面白いことを口にされていましたね」

「し、知らなかったのだ！」

必死に弁明するジークに顔を近づけるヴィンセントは、その耳元で囁《ささや》きかける。

「世迷言《よまいごと》と一度は聞き流そう。……だがもし次に俺の妹を『商売女』と侮蔑した時は覚悟することだ。どこに逃げようが地の果てまで追いかけ、その言葉を必ず後悔させてやる」

優雅さを脱ぎ捨て、冷徹な殺気を放つヴィンセントに、ジークはただただ頷くだけだった。

——全てに片が付いた。

そう言わんばかりにクラウディアが手を叩《たた》き、皆に声を掛ける。

「さあ皆様、どうぞ外へ。お口直しに楽しんでいただける店の手配は出来ております」

クラウディアが参加者たちを誘導していく。

そんな中、大旦那がひとりニヤニヤとヴィンセントの傍《そば》にやってくる。

「お見事な沙汰でしたな、若」

「大旦那も、粋なお口添えをありがとうございます」

「ところで……そちらの娘は、若の恋文代筆人とか？」

そう目を向けられ、ユーディは慌てて頭を下げる。

「場を弁《わきま》えない不届き者です。皆様を驚かせてしまったようだ」

「どの口が言うのだか。むしろ気持ちが良《い》いことを言う娘だと感心した。実に若とお似合いだ。……だからこそ、大事にしてやることだ」

大旦那はそう笑い、「さて今夜はフラれた腹いせだ。存分にタダ酒を奢《おご》ってもらうとしよう」と、その場を後にする。

「黒公爵様」

次いで近づいてきた娼館《しょうかん》の店主が、覚悟した表情でヴィンセントの前に立つ。

「特に言うことはない。これからも変わらず励んでくれ。期待している。身請けの件、最後まで任せたぞ」

黒公爵の言葉に、店主は深々と頭を下げた。

そしてサファイアと身請けすることが決まった男は、ただ黒公爵に頭を下げていた。

そんな2人が、選ばれた花街恋文にあったように、互いの手をしっかりと握り合っていたのが印象的だった。

そうして立場を示してみせた黒公爵は、ユーディの腕を掴《つか》む。

「帰るぞ」

ヴィンセントが明らかに怒っているのが分かった。


「ジ、ジーク様。私はどうすれば？」

娼館の外に出ると、店の前でもちょっとした騒ぎになっていた。

ジークの足元に、例のお抱えの恋文代筆人の男が縋《すが》りついていたのだ。

「お前など知らん！　二度と我がブルーム公爵家の敷居《しきい》を跨《また》げると思わぬことだ！」

蹴り飛ばされた恋文代筆人は、惨めに地べたに這いつくばる。

公爵家のお抱えという確固たる地位を手に入れたはずの男は、くだらない命令による、たった一度の失敗で捨てられた。

あまりにも報われない。

だがそれが、貴族と庶民の当然の在り方なのだ。

ユーディは胸が痛くなった。

そんな地面に頽《くずお》れた男の前に、ヴィンセントが立つ。

恋文代筆人の男もまた、自分を見下ろすのが黒公爵だと気付き、慌てて地面に額をこすり付け、ガタガタと震え出す。

「ユーディ。この男は恋文代筆人として優秀なのか？」

黒公爵がそう尋ねてきた。

その問いかけの意図がユーディが願ったモノなのかは分からなかった。

でもユーディはそうであって欲しいと願い、素直に答えた。

「はい、とても。ここで捨てられるにはもったいない方かと」

黒公爵は不敵に笑い、ガタガタと震える男の前で膝を折る。

「ちょうどクビになって暇だろう。どうだ、花街で働いてみるつもりはないか？」

4

結局そのまま、ユーディはヴィンセントと共にロウワード家の屋敷《やしき》に戻ることになった。

馬車の中は終始無言。向かいに座る不機嫌なヴィンセントは怒る姿を隠そうともしない。

「申し訳ございませんでした。ロウワード公爵家の名に泥を塗るようなことをしてしまい、お怒りはごもっともかと……」

バンと、黒公爵が馬車の壁に拳を叩きつける音が響き渡る。

「俺がそんなことで怒っていると本気で思っているのか？　俺はキミの行動に腹を立てているんだ！」

もちろん分かっていた。口にした謝罪とは裏腹に、彼が何に怒っているのか。

「キミはもう少し弁えている人間だと思っていた。正論を振り翳せばどうにかなるとでも思ったか？　笑わせるな」

そして黒公爵は吐き捨てる。

「力なき正しさに意味などない」

窓の外に広がる暗闇をジッと見つめる黒公爵の言葉には、得も言われぬ重みがあった。

浴びせられた言葉の数々に落ち込み、弱々しく俯《うつむ》くユーディ。

その姿を目の当たりにし、ヴィンセントは感情を落ち着かせるように息を吐く。

「あの娼婦《しょうふ》は無事に好いた男に身請けされた。選ばれなかった候補者たちも、彼女から花街恋文の返事を受け取り、どこか納得した面持ちを浮かべていた。……そんな配慮ができたのは、今回の一件に、良き恋文代筆人が手を貸したからだと思っている」

顔を上げたユーディに、ヴィンセントは尋ねる。

「そんなことが出来るキミにとって、自らの命とはそこまで軽いものなのか？　あんなどうしようもない貴族の腹いせにくれてやるほど安いものなのか？」

見抜かれた気がした。8年前からずっと自分の心の中に残る、その迷いを。

そして同時に、諭されたような気もした。

「……申し訳ございませんでした」

ユーディはただただそう謝ることしかできなかった。

そんな中で考えてしまう。

なぜ彼は正しい言葉を口にするのだろうか？

世間で極悪人と噂《うわさ》される黒公爵が、自らが憎むべき貴族らしからぬ言葉を。

（悪い人であってほしいのに）

心の中でそう願い、その根拠を探そうとする自分がいる。

それを求めているのは、どこか彼に惹《ひ》かれる気持ちがあるからだ。

覚悟と孤独。

その感情を胸に秘める黒公爵を。あの人と同じ色彩を胸に秘める、目の前の彼を。

彼女とは違う人間であると断じたいと思っているのに。

彼を知れば知るほど、それが出来なくなっていく。

そんなユーディの前で、彼は呟《つぶや》く。

「私は恋文に対して、そこまでの熱意はない。だが少なからず興味を抱き始めている」

再び視線を上げた恋文代筆人に向かって、黒公爵が言う。

「それはキミと出会ったからだ。……だから、今いなくなってもらっては困る」

どこか気恥ずかしそうに言われたその言葉は、ユーディの感情を心地好《よ》く揺らした。

目の前の彼に言われた言葉が、素直に嬉《うれ》しいと思ってしまったのだ。

──だからこそ、ユーディは思い切って尋ねてしまった。

「あの……お聞きしてもいいでしょうか？」

「なんだ？」

「先ほどの一件、黒公爵様はいったいいつからご覧になっていたのでしょうか？」

「それは……、あーっ、キミがジークに対して苦言を口にした時からだ」

嘘《うそ》である。それならジークのクラウディアへの暴言を聞いていないことになる。

それにユーディがサファイアに対して、選ばなかった候補者たちに花街恋文の返事を送る提案をしたことを知っているはずがない。

「最初から全て見られていた、ということはありませんか？」

「……何が言いたい？」

「その……、もし間違っていたら申し訳ないのですが……」

「だからなんだ？」

顔が熱くなるほど恥ずかしい気持ちを我慢しながら、ユーディは意を決し口にする。

「もしかして黒公爵様は、セントさんだったりするのではないでしょうか？」

本当にそうなら、昨日から散々してきたことが全て恥ずかしくなる。

間違いであるなら、そうであって欲しい。

そう願い、ユーディは俯いていた顔を上げ、チラリと相手を見る。

向かいに座るヴィンセントは、あからさまに視線を泳がせ、何か言おうと口をパクパクさせていた。

「……知らない」

最終的にヴィンセントの口から出てきたのは、そんな言葉だった。

「ですが、支えていただいた手の感触が一緒だった気がして……」

「知らないといったら知らない！　気のせいだ！」

「……紙で作っていただいたお花、嬉しかったです」

「だから人違いだ！」

ヴィンセントは最後の最後まで、ユーディに対してその事実を認めようとはしなかった。

＊＊＊

「なかなか刺激的な夜だったわね」

後日、ヴィンセントは執務室を訪れたクラウディアから報告を受けていた。

あのブルーム公爵家をクビになった恋文代筆人の男はよく働いているそうだ。

声が掛かれば、あちらこちらの娼館に顔を出し、客の代わりに気の利いた恋文を書く。

そうして花街の恋文代筆人として忙しく花街を走り回っているという。

サファイアの身請けもまた、無事に終わったそうだ。

好いた男に手を引かれ、今日花街を後にしたという。

母親違いの妹は、どこか嬉しそうでもあり、同時に寂しそうにも見える。

「でも、一番驚いたのはジークに正面から文句を言ったユーディよね」

そう楽しそうに笑ってみせる妹に、兄であるヴィンセントはため息を吐く。

「どこがだ。もう少しで首が飛んでもおかしくはなかった」

「オドオドしているだけに見えて、意外と肝が据わっているのよね、あの子」

「考えなしにもほどがある」

「それも若さゆえかもしれないわね」

クラウディアの言葉に、ふと気づかされる。

「忘れてないかしら、お兄様？　いくら大人の仮面を被《かぶ》っていても、本当のあの子は年頃の女の子。ヴィンだってあの子くらいの頃は、今と違って無鉄砲で考えなしだったわよ」

「……その言葉、そっくりそのまま返してやる」

文句を言いつつ少し反省する。

そして改めて、先日クラウディアに指摘されたことを思い出す。

本当の彼女を見誤ってはならない、という言葉を。

「とはいえ、貴族相手にあの行動は異常だ」

貴族に庶民が逆らうことはできない。生まれた時から刷り込まれるこの国の常識だ。

「でもユーディは嚙《か》み付《つ》いた。貴族に対して特別な感情がなければああいう行動には出ないわね」

「憎しみだな」

クラウディアが何を言いたいのか、ヴィンセントにはよく分かった。

貴族が庶民に対して行う非道には幾らでも心当たりがあり、そういう目に遭ってきた人間をヴィンセントたちは幾らでも見てきた。

「ならユーディがロウワード公爵家を警戒するのは当然のことね。なにせ我が家は貴族であり、さらには悪事に手を染めるマフィアの元締めなのだから」

世間体は最悪だ。それこそ貴族の悪しき部分が全て詰め込まれた存在であると誤解されても仕方がない。

そう口にしたクラウディアだったが、すぐにあっけらかんと笑い、こう続ける。

「だから早く気付いて欲しいわ。我が家が誠実な貴族であることを」

そんな妹の言葉を、今度はヴィンセントが鼻で笑う。

「俺は自分たちが正義であると思ったことなど一度もない」

「正義とは言ってないわ。私たちは悪だからこそ守れるものがあることを理解しているだけ。それこそ、あのジークからユーディを守ったヴィンが、まさにそうであったようにね」

その時のことを思い出し、思わずため息を吐く。

「余計なことをさせられた」

「ヴィンが出張る予定はなく、ただ裏からこっそり見ているだけのはずだったものね。……とはいえ、あのワガママ三男坊には釘《くぎ》を刺しておいて正解だったと思うわよ。おかげで噂の黒公爵の恐ろしさが、さらに強調されただろうし」

「……今はまだ主流派貴族たちに警戒されたくはない」

「連中に『黒公爵は自分たちと同じ私利私欲に塗《まみ》れた悪人である』と誤解させておきたいからでしょ？　先代であるお爺様《じい》も言っていたものね。『敵意をむき出しにして真っ向から喧嘩《けんか》を売るのは勝ち筋が見えてからにしろ』って」

「ついでに『勝つなら圧倒的が好ましい』とも言っていたな」

「今回もきちんと出来ていたじゃない。それこそこのグ、ラ、ダ、リ、ス、王、国、を、陰、か、ら、護、る、ロ、ウ、ワ、ー、ド、公、爵、家、の、正、し、い、在、り、方、と、し、て、ね」

クラウディアがそう、どこかわざとらしく演技じみた言葉を口にする。

表向き悪名の誹《そし》りを受けるロウワード家には、グラダリス王国の初代国王より承った代々受け継ぐ密命がある。

常に国の中枢から離れた場所に立ち、独自の判断と行動によってグラダリス王国を裏から守護し存続させること。

その宿命を背負うに足ると判断された者が、黒公爵の名を代々継ぐのである。

そんな当代の黒公爵ヴィンセントを見ながら、クラウディアがニヤニヤと笑っている。

「……なんだ？」

「別に。ただ我らが黒公爵は、い、っ、た、い、こ、れ、か、ら、何、を、始、め、る、つ、も、り、な、の、か、それが今から楽しみなだけよ」

「この前も言っただろ、ま、だ、言、わ、な、い」

「だからまだ聞かないわよ。でも私は先に宣言しておく。たとえ相手が誰であっても私は最後までヴィンに付き合うつもりだから」

愛らしく微笑《ほほえ》むクラウディアの宣言に、ヴィンセントは苦笑する。

「昼間から酔っているのか？」

「知っているでしょ。私は母親譲りで、いくら飲んでも酔わないの」

異母妹は、愛らしく舌を出す。

そんなやり取りをしながら、ヴィンセントが考えるのはユーディのことだ。

もし貴族を恨んでいるというのなら、彼女が恋文代筆人をしているのはなぜか？

恨む貴族たちが犇《ひし》めく社交界で名を売り、彼女は何をするつもりなのか？

——1つ、気になることがあった。

「クラウ。足を怪我《けが》している、あるいは杖《つえ》を突いている恋文代筆人は記憶にあるか？」

ヴィンセントの質問にクラウディアはしばし考え、首を横に振る。

「さあ、どうかしら。ユーディ以外には知らないし聞いたこともないわ」

「そうか」

「ヴィンはどうなのよ？」

「俺も同じだ」

ヴィンセントもまたそんな恋文代筆人には心当たりがなかった。

5

早朝、リュナは与えられた客室で目を覚ました。

音を立てず、まだ鍵がかけられたことのない隣室への扉をそっと開く。するとベッドでユーディが幸せな表情で寝息を立てているのが確認できた。

その寝顔に安堵し扉を閉めたリュナは、以前ユーディからプレゼントされた自らの筆記道具を広げると、1通の手紙をしたためる。

先日、花街であった出来事を聞いて、リュナは気が気ではなかった。

もしユーディがいなくなったら。それはリュナにとって考えたくないことだった。

準備を終えたリュナは、もはや慣れつつある屋敷《やしき》の廊下の先で、目的の人物を見つける。

「おはようございます、レンさん」

「おはようございます、リュナくん。今朝も早いですね」

「実はお願いがありまして」

リュナは手にしていた封筒を掲げてみせる。

「ラルサス郵便社に手紙を出しに行きたいのですが」

その封筒には、8桁の通し番号が書かれていた。

聞くだけで心温まる逸話は、
多くの人間に愛される。
――その成り立ちを知る者が、
いなければいないほど、特に。

黒公爵の恋文代筆人

The black duke's
love letter writer

{ E P I S O D E 3 }

王都の中心街に、人の出入りが一際多い建物がある。

手紙とペンをイメージしたシンボルマークが特徴の《ラルサス郵便社》。

その本店である。

手紙を手にした庶民たちがその場所を訪れ、青地に白ラインの制服に身を包んだ配達人たちが、顧客たちから預かった手紙をグラダリス王国の各地へと運んでいく。

そんなラルサス郵便社の本店の向かいには、高級マンションが建っており、最上階の部屋の窓からは、郵便社を一望することができる。

その部屋の主の前には、テーブルに幾つもの報告書が並んでいた。

それらはどれも、彼女にとってあまり嬉《うれ》しくない内容ばかり。

「どうしたものかしらね」

そう呟《つぶや》きつつ、彼女はつい先ほど届いたばかりの手紙に改めて目を落とす。

今一度、手紙の内容を確認し、思い悩んだ様子で小さなため息を零《こぼ》す。

しばし考えを巡らせた後、彼女はテーブルに置かれた呼び鈴を鳴らした。

「お呼びでしょうか」

部屋に入ってきた部下に対して、その女性ミレディ夫人は告げる。

「ロウワード公爵家の屋敷に使いをお願い。今からお会いしたいと黒公爵に伝えてちょうだい」

第4話　ミレディ夫人からの提案

1

黒公爵のお抱え代筆人としてロウワード公爵家の客室で暮らすことになったユーディは、花街での一件以来、眼鏡姿で生活するようになっていた。

「本当にいいんですか、ユーディ先生？」

「眼鏡がないのも足が不自由な演技も、普段生活する上で色々と不便だしね」

「ですが……」

「もちろん時と場合は考えるわ。貴族相手に恋文代筆人として振る舞う時は、変わらず眼鏡を外して仕事モードで臨むつもりよ」

ユーディの言葉に、リュナがムスッとする。

「そのお貴族には、黒公爵は含まれないのですか？」

何が言いたいのかは分かっている。

「線引きをするつもりはないけど、もうバレてしまっているしね。このお屋敷でお世話になっている間は仕方ないと割り切ろうかなって」

「……先生がそうおっしゃるなら」

「じゃあ今日も、手伝いに行ってくるから」

そう言って客室を後にしたユーディが向かった先は、ロウワード家の屋敷にある大食堂を切り盛りする厨房《ちゅうぼう》だ。

そんな厨房では、すでに多くの人間が作業をしていた。

「おはようございます」

「おや、ユーディちゃん。今日も手伝いに来てくれたのかい？」

声を掛けてくれたのは、調理場で下働きをするおばちゃんだ。

「手が空いていたもので」

「そいつはありがたい。料理長、いいよね？」

おばちゃんに尋ねられ、厨房の奥で包丁片手に手際よく肉の塊を捌《さば》いていた料理長が、こちらをチラリとだけ見て、何も言わずコクリと頷《うなず》いた。

寡黙なプロといった印象を受ける料理長。

ただ先日、ヴィンセントと昼食を共にした時に、黒公爵相手に小言を言った人物であることをユーディは知っている。だからもしかすると、案外喋《しゃべ》りやすい相手なのかもしれないと密《ひそ》かに思っている。

「じゃあ、こっちで材料の下ごしらえを手伝ってもらおうかね」

ユーディがこうして厨房の手伝いをするようになったのには幾つか理由がある。

まず単純に、花街の一件以降、恋文代筆人としての仕事がないからだ。

ずっと手持ち無沙汰、要は暇なのである。

やることなく客室でジッとしているのが、どうにも性に合わない。

という訳で、何か屋敷の手伝いでもしたいと執事のレンに相談したところ、紹介されたのが、大食堂の厨房だった。

恋文代筆人としての仕事がなく手が空いている時だけ。

そんな緩い条件で、厨房の手伝いをすることになったのだ。

リュナもリュナで、ユーディに先んじて何かしら屋敷の手伝いをしているらしく、客室にいないことの方が多い。

そんなユーディたちが屋敷の手伝いに積極的な本当の理由は、情報収集にある。

これまで王都に暮らす中で聞こえていた黒公爵とマフィアの噂《うわさ》は、それはもう恐ろしい話ばかりだった。

だが実際に黒公爵であるヴィンセントとやり取りをし、噂とはどこか違う姿を目の当たりにしたからこそ、本当の姿を確かめたくなったのだ。

ロウワード公爵家の大食堂では、昼夜2回の食事が提供される。

かなり大人数が入れ替わりで食事をするため、大量の下ごしらえが必要となる。

いつも通り、前掛けを付けたユーディは、包丁を手に野菜の皮をテキパキと剝《む》いていく。

「相変わらずユーディちゃんは手際がいいね。恋文代筆人なんてすごい仕事をしている人たちは、こういうことはあまりやらないと思っていたんだけどね」

「普通に料理もしますし家事もしますよ。皆さんとなんら変わりません」

「そんなことないさ、昨日の夜もウチの子供たちにユーディちゃんのことを話したら、『逸話に出てくるような恋文代筆人さんに会ってみたい』って目を輝かせてはしゃいでいたくらいだよ」

おだてられると照れてしまう。

すると別の場所から声が掛かる。

「そろそろ食堂が騒がしくなる時間だ。ユーディちゃん、こっちで料理をよそうのを手伝ってくれるかい」

「分かりました」

太陽の位置が高くなる頃には、昼食を求めて大食堂に人が集まり出す。

交代で食事を取りにくる屋敷の使用人たちや、マフィアと思《おぼ》しき強面《こわもて》の人たちである。

分け隔てなく、誰もがトレーを持って列に並び、厨房のカウンターで配給する女性陣が出す料理を、流れるように受け取っていく。

その手伝いをするユーディもまた、大鍋で美味《おい》しそうに湯気を上げるポトフを皿に盛り、どんどんとカウンターに置いていく。

「おっ、恋文代筆人の嬢ちゃんか」「こんにちは、恋文代筆人さん」「こりゃ、縁起がいい」

「ど、どうもです」

そんなユーディを見て、使用人やマフィアの人たちは気さくに声を掛けてくる。

恋文代筆人であるユーディのことは、今やロウワード家の屋敷に出入りするほぼ全ての人間に知れ渡っている。

その理由は、どうやら先日の花街での一件にあるらしい。

黒公爵のお抱え恋文代筆人になったユーディ女史は、傍若無人な貴族に刃を向けられても一歩も引かず、真正面から啖呵《たんか》を切ってみせた。

そんな噂が出回り、使用人たちだけでなく、マフィア関係者からも気概ある女性だと勘違いされているようなのだ。

いったいなぜこんなことになってしまっているのか。

「あらユーディ、今日も手伝い？」

列に並ぶ人の中から、見知った美女がひらひらと手を振っていることに気が付いた。

「こんにちは、クラウディアさん」

ロウワード公爵家の一員であり、黒公爵の妹であるクラウディア。

今は花街に行く時のような派手なドレスではなく動きやすい服装をし、髪を無造作に束ねているが、その美しさが陰ることは一切なく、むしろ親しみやすさを感じる。

そんな彼女こそが、噂を流布した張本人ではないかと、ユーディは疑っている。

「お肉は少しでいいから野菜は多めね。あと、いつものフルーツのヨーグルト掛けをちょうだい」

きちんと列に並んで食事を受け取るクラウディアだが、メニューにはこだわりがあるらしい。

もちろん、そんな特別扱いに文句を言う人間は、この場には誰もいない。

なにせ彼女は貴族であり、自分たちが仕えるロウワード公爵家の淑女なのだから。

本来、欲しいと口にしたモノを、優先して用意される立場の人間だ。

そうであるにも拘《かか》わらず、彼女は皆と同じように列に並び、用意された皿を受け取る時も「ありがとう」と気さくに笑ってくれる。

敬われるべき貴族が、庶民たちの中に平気で交ざって暮らしている。

ユーディには、それがどうにも不思議な光景に思えてならなかった。

それこそ、このお屋敷が本当に、誰もが恐れる悪の巣窟なのかと疑うくらいに……。

(……いや、それは間違いないのよね)

ふと耳を澄ませば、こんな会話が聞こえてくる。

「先日の取り立ての一件どうなった？」「例のブツの輸入経路が変わるそうだ」「問題の連中のアジトを見つけた。今夜襲撃するから人を集めておけ」

列に並んだ人間の会話や食堂のあちこちから漏れ聞こえてくる話は、物騒な内容も多い。

そういう話を耳にすると、やはりこのロウワード家の屋敷は、紛れもなく裏社会を仕切るマフィアの本拠地なのだと実感する。

でもだからこそ、自分が当たり前と思っていた価値観とは違うものが、ここにはあるのかもしれないと、そんな風にも考えてしまう。

「ひとつ頼む」

「はい、ただいま……って、黒公爵様！」

皿にポトフをよそおうとしたところで驚く。

カウンター越しに立っていたのが黒公爵ヴィンセントだったからだ。

「今日も手伝いか。キミは私のお抱えの恋文代筆人だ。何もしなくてもいいのだぞ」

「ジッとしていられない性分なもので」

先日の花街の一件では、命を助けられた上に怒られてしまい、まだ後ろめたい気持ちが残っている。

でもその後の、仮面の護衛セントに変装していた件を追及した時のヴィンセントのリアクションを目の当たりにしたことで、そんな後ろめたさもどこか相殺されていた。

「もし黒公爵様が恋文代筆人としてのお仕事をくだされば、話は別ですが？」

だからそんな軽口も叩《たた》いてみせる。

するとヴィンセントが困ったように苦笑した。

「あー、すまないが、今は特にないんだ」

「さようですか。では私はここでお食事の手伝いをしております」

「まあ、それならそれで悪くない。キミが厨房の手伝いをするようになってから、食事がさらに美味しくなった気がする」

「それはようございました」

見え透いた世辞を言われても気にせず、気持ち肉多めによそったポトフの皿を、「どうぞ」とヴィンセントのトレーに載せる。

「ありがとう。ああ、それと」

「？」

「やはりそちらの眼鏡姿の方がいいな」

そんな言葉と笑みを残し、ヴィンセントは列を進んでいってしまった。

「ごちそうさま。美味しかったわよ」

ちょうど食事を終えたらしいクラウディアがユーディの前を通り過ぎた。

しかもこちらを見て、なぜかニヤニヤしている。

「……なんですか、クラウディアさん」

「ユーディ、顔が真っ赤よ」

「気のせいです」

それからもせっせと手を動かしながら、時折ヴィンセントのことを目で追ってしまう。

ここ数日、厨房の中から見ているが、ヴィンセントはクラウディアと違って特別に何かを指定してくることはない。本当に皆と一緒のものを、皆と一緒に食べているし、誰かに声をかけられれば、気さくに言葉を返す。

今も、先日一緒に囲んだ奥のテーブルで誰かと話しながら食事をしている。

どうやらあの席は、黒公爵を始めとしたロウワード公爵家の人間が使うテーブルらしい。

ヴィンセントと食事をする顔ぶれも、毎日違う。

昨日は強面の、いかにもマフィア幹部といった者たちと。今日は仕立ての良《い》い服を着た商人と思しき人物たちと席を共にしている。

さすがに何を話しているかまでは聞こえないが、積極的に言葉を交わしている様子が窺える。

確かに口にする食事は、どこか貴族らしくないかもしれない。

だがそういった姿を見ていると、彼はまごうことなき黒公爵であり、この屋敷の中心人物であるということが、よく分かる。

「いやー、今日も疲れたね」

昼時のピークを過ぎると、厨房《ちゅうぼう》で働くユーディたちも食事を取る。

そこで厨房で働くおばちゃんと黒公爵の話になった。

「最初は皆、怖がるさ。なにせ恐ろしい噂しか聞こえてこないお方だからね。だけど実際は、声を掛ければ気さくに応えてくださる。こっちとしては素直に嬉《うれ》しいもんさね」

そう語りながら、おばちゃんは小さなため息を吐く。

「私も地方から逃げてきた口だろ。貴族なんて皆、酷《ひど》い連中ばかりだと思っていたんだけどね」

以前、仕事の合間に話してくれたが、かつては地方で農業をしていたそうだ。だが搾取することしか頭にない領主の圧制に耐え切れず、一家揃《そろ》って王都に逃げてきたのだという。

普段は明るく振る舞っているが、当時子供を2人亡くしている。

「こんなことを言うのもアレかもしれないけど、黒公爵様が領主だったら、逃げ出そうなんて思わなかっただろうね」

この屋敷で使用人として働く人たちには、そういう人が多いように感じる。

世間では残虐と噂される黒公爵。しかし関わった人間は彼を良く言い、感謝を口にする。

マフィアと呼ばれる人間たちにしてもそうだ。

確かにいつも危険そうな話をしているし、実際そういった行為に手を染めているのも間違いないのだろう。

だが、彼らがやっているのはそれだけではなさそうだ。

厨房の手伝いをしながら漏れ聞こえてくる話からすると、ロウワード公爵家の私有地である暗黒街では、難民たちへの住まいの提供や炊き出しなどもしているという。

王都で問題になっている難民問題に対して、マフィアが裏でそういうこともしているのだということは、この屋敷にやってきて、こうして厨房で働くまでは知らなかったことだ。

何を聞き、何を見たかで人の評価は変わる。

全てを見たわけでもないし、聞いたわけでもない。

だが少なくともユーディには、黒公爵たちロウワード家の人間が、普通の貴族たちとは、どこか違うように思えてならなかった。

「先生、こちらにいらっしゃいましたか」

食事を終え、客室に引き上げようとした廊下で、助手のリュナとばったり会った。

「あら。どうしたの、リュナ？」

「先ほど小耳に挟んだのですが、どうやらミレディ夫人がこのロウワード家の屋敷に来られているようです」

2

ロウワード家の屋敷に、黒公爵への面会を求めるミレディ夫人からの使いがやってきたのは、ヴィンセントが昼食を終えて執務室に戻ってすぐのことだった。

ヴィンセントが応じる旨を使いの者に伝えると、ほどなくしてミレディ夫人を乗せた馬車が屋敷の前に到着した。

「ようこそお越しくださいました、ミレディ夫人」

「突然の訪問をお受けいただきありがとうございます、黒公爵」

執務室でミレディ夫人を出迎えたヴィンセントは、来客用のソファーへと案内する。

「わざわざ当家にお越しとは、誰かの耳に入れば、いらぬやっかみを受けますよ」

するとミレディ夫人はクスクスと笑い、広げた扇で口元を隠す。

「社交界の爪弾《つまはじ》き者に対して、今さらですわね」

ミレディ夫人。

トリスト侯爵元夫人と陰口を叩かれる彼女は、その経歴から主流派貴族たちのやっかみを受けている。

だがそんな経歴があるからこそ嫌がらせを受けても排除されることはないし、密《ひそ》かに彼女を頼る貴族たちも少なくはない。

現にヴィンセントも、恋文代筆人を紹介してもらう際には世話になっている。

ミレディ夫人は、グラダリス王国の社交界の端でひとりポツンと微笑《ほほえ》んでいる。

自ら動くことは決してない。

ただ誰かから声が掛かれば分け隔てなく相談に応じる。何より彼女は口が堅い。

執事レンに準備させていた紅茶と茶菓子をテーブルに出し、まずヴィンセントが口を付けてみせたところで、さっそく尋ねる。

「それで、本日はどのようなご用件で？」

「花街の一件、小耳に挟んだわ。私が紹介した恋文代筆人がご迷惑をおかけしたみたいで申し訳なかったわね」

紅茶のカップに手を伸ばすミレディ夫人の言葉に、ヴィンセントは口を閉ざす。

先日の花街の件は、対外的にはロウワード公爵家とブルーム公爵家のイザコザという側面もあるため、箝口令《かんこうれい》を敷いたつもりだった。

(流石《さすが》はミレディ夫人。彼女の目と耳はやはりどこにでもあるな)

ミレディ夫人は情報通である。彼女の目と耳が向くのは社交界に限らない。むしろ今の立場もあり、情勢については特に詳しく、敏感だ。

そんなミレディ夫人が、こう続けた。

「だからユーディを引き取りに来たの」

一瞬、固まったヴィンセントだったが、すぐに冗談を聞き流すかのように笑って見せる。

「こちらとしては迷惑と言われるほどのことをされた覚えはありません。彼女は役に立ってくれている」

「それはまだ利用価値があるから手放したくない、という意味かしら？」

険のある物言いに、ヴィンセントがピクリと反応する。

「……随分とヒドイ言われようだ」

「でも不要となれば切り捨てるでしょ？　それは困るわ。あの子は私が目を掛けている子なのだから」

思わずムッとなる。

「私が彼女をぞんざいに扱うと？」

「それがこの国の貴族の在り方。違っていて？」

否定はできない。

グラダリス王国の貴族たちは、どこか庶民を道具のように見る意識がある。

それこそ先日の花街の一件がいい例だ。癇癪《かんしゃく》を起こしたブルーム公爵家のジークは、お抱え恋文代筆人に対して平気で手を上げ、その場の気分でクビを言い渡した。

前王の時代までは、まだ節度があったと思っている。

しかし今の国王に代替わりし、さらに王妃殿下が亡くなられてからというもの、まるでタガが外れたかのように、貴族たちの傍若無人が目立つようになった。

ミレディ夫人が、特にそれを強く感じているのは間違いない。

なぜなら彼女は外国人であり、そんな貴族たちの横暴を受けた被害者でもあるからだ。

「少なくとも私は、ユーディをそのように扱うつもりはない」

堂々と宣言するヴィンセントを見て、ミレディ夫人がクスリと笑う。

「そこまで言うなら賭けをしませんこと？」

「賭け？」

「あの子を賭けて、私とあなたで勝負をするの」

ミレディ夫人の提案を、ヴィンセントは鼻で笑う。

「受ける意味はない」

「あら、負けるのが怖いのかしら？」

誰もが恐れる黒公爵相手に軽口を叩いてみせる、怖いもの知らずの夫人。

「つまらない挑発だ。私と彼女のことで、あなたにとやかく口出しされるいわれはない」

「随分とあの子にご執心みたいね」

ミレディ夫人は興味深そうに見てくる。

「そうですね。彼女は魅力的な女性ですから」

あえて軽口に乗ってみせる。

「惚《ほ》れちゃった？」

「ご想像にお任せします」

「もう手を出しているのなら言ってね。流石に仲睦《むつ》まじい2人を引き裂く趣味はないから」

「まだ出していません」

「まだ、ね。つまりその気がない訳じゃないのね」

本当にやり辛《づら》い。

ミレディ夫人は手にしていた扇を閉じる。

「ならこの賭けに、とっておきの副賞を付けると言ったら、どうかしら？」

そう言って、ミレディ夫人は手元にあったバッグから、古びた封筒を取り出した。

「それは？」

「グラダリス王国の人間なら誰もが知る15年前の逸話。その中には、現国王が始まりの恋文代筆人の手を借りて、亡き王妃殿下に送ったとされる7通の恋文が登場する」

ヴィンセントは思わず目を見開く。

「まさか……」

ミレディ夫人はニヤリと笑い、手にある封筒を振ってみせる。

「これはその中の1通」

瞬時に思考を巡らせる。

(なぜミレディ夫人は俺がそれを求めているのかを知っている?)

しかし、そんなヴィンセントの疑念は、次の一言で吹き飛んだ。

「これはね、その4通目なのよ」

完全に言葉を失った。

なぜなら4通目は、先日ヴィンセント本人がコルトン子爵から入手し、このロウワード家の金庫に保管されているからだ。

そんなヴィンセントの心を読むように、ミレディ夫人が微笑む。

「こう言った方が分かりやすいわね。もし私との賭けに勝ったのなら本物の4通目をあなたに贈呈するわ」

「……納得いく説明をしてもらえるのですよね?」

睨《にら》むヴィンセントに、「もちろん」とミレディ夫人は語り出す。

「半年ほど前の話よ。病床に臥《ふ》せり死期を悟ったコルトン子爵夫人から相談を受けたのよ。『亡き王妃殿下から密かに賜ったあの恋文をどうにかしたい』と」

手にしている封筒をヒラヒラさせるミレディ夫人。

「その4通目を、コルトン子爵は夫人の遺品の中から発見した」

「妻だからこそ、夫が金目になりそうな代物をどう扱うか想像はついたのでしょうね。現にコルトン子爵《あのおとこ》は、それをこっそり金に換えようとした。まあそんな企《たくら》みもどこぞの黒公爵に目を付けられて、あっさり奪われたみたいだけれど」

まるで見てきたかのように語るミレディ夫人。

「亡くなられたコルトン子爵夫人は、なぜあなたに相談を？」

「おかしい話ではないでしょう。彼女もまた私と同じ亡き王妃殿下に仕えていた侍女の1人なのだから」

15年前、うら若き王妃と共に隣国シェラザードからやってきた侍女たちがいる。

先日亡くなったコルトン子爵夫人がそうであり、今目の前にいるミレディ夫人もまたその1人。

「あなたが手にしている恋文が、本物の4通目である証拠は？」

「誰よりも長く王妃殿下の傍に仕えていた私がそう言っている、それだけよ」

亡き王妃殿下の侍女長であったミレディ夫人の言葉には、確かな説得力があった。

いったん冷静に考える。

地下の金庫にしまわれている自分が手に入れた4通目。それが良くできた偽物であることをヴィンセントは否定できない。

だからこそ、今ミレディ夫人の手にある封筒の中身が本物である可能性を捨てきれない。

「……こんな場所でそんな大事なものをチラつかせて、無理矢理奪われるとは考えなかったのですか？」

「だってあなたはそういうことはしないでしょ」

「皮肉ですか？」

「あら、褒めたつもりよ。黒公爵はそこまで愚かではないとね」

余裕の態度を崩さないミレディ夫人。

その言葉通り、ヴィンセントは彼女に手を出すほど愚かではない。

誰もが恐れる黒公爵に向かって喧嘩《けんか》を吹っ掛ける貴族は、社交界でもそうはいない。

だがそれ以上に、社交界の端でただ傍観しているだけのミレディ夫人に対して、陰口を叩《たた》いても排除しようと動く貴族はもっといない。

文字通り、消されるからだ。

ともかく、4通目の真贋《しんがん》は分からない。

だがそれ以上に分からないのは、ミレディ夫人の真意である。

急に屋敷《やしき》にやってきたと思えば、ユーディを引き取ると賭けを言い出し、あげく新たな4通目をチラつかせる彼女の目的はなんであるのか？

ヴィンセントと視線を交えるミレディ夫人は、ただただ微笑んでいるだけ。

（知るには、やるしかないという訳か）

だからヴィンセントは頷《うなず》いてみせた。

「賭けの内容を聞いても？」

ヴィンセントの言葉に、ミレディ夫人は楽しそうに古びた封筒をバッグにしまうと、代わりに真新しい封筒を取り出した。

「この恋文を書いた相手を探すこと」

テーブル越しに差し出された恋文を受け取ったヴィンセントは、「開けてみて」とミレディ夫人に促され、中身を確認する。

恋文の冒頭には、こう書いてあった。

『名も顔も知らないどなたかへ』

ミレディ夫人は続ける。

「彼女はグラダリス王国のどこかに住まう庶民。あなたは手紙を通して彼女とやり取りをしながら彼女の居場所を探り、実際に会いに行ってもらう。もし期日内にそれができたらあなたの勝ちよ」

「期日、というのは」

「そうね……だいたい1ヵ月ほどかしら？」

「随分とあやふやですね」

「もしあなたが気に入られれば少しは延びるかもしれない。でも逆に飽きられれば、それだけ期日は短くなるかもしれない」

どうやら手紙の送り主は気分屋な女性のようだ。

「分かりました」

その言葉を聞いて、ミレディ夫人が席を立つ。

「ならユーディと一緒に頑張ってね」

「賭けの対象であるユーディの手を借りてもいいのですか？」

「当たり前でしょ。今のあの子はあなたの恋文代筆人なのだから。それにユーディなしで気の利いた恋文を用意できるのかしら、女心が分からない黒い狼ちゃん？」

クスリと笑うミレディ夫人は、かつてヴィンセントに付けてみせた符号を口にした。

そして、この国の貴族の流儀に倣い、礼をする。

「本日は、お時間を取っていただき感謝致しますわ、黒公爵。では私はこれで」

「待ってください。彼女に……ユーディに会っていかれないのですか？」

尋ねるヴィンセントに、ミレディ夫人は実にあっさりと答えた。

「必要ないわ。あの子と話すことは特にないから」

3

「ミレディ夫人、お帰りになってしまったのですか。……そうですか」

その日の夕方、黒公爵に呼ばれ執務室を訪れたユーディは、初めてここに通された時と同様に来客用のソファーを勧められた。

そして向かいに座るヴィンセントからそのことを聞き、顔を伏せる。

「がっかりしているのか？」

「いえ、そんなことはありません。ミレディ夫人はサバサバしていらっしゃいますから」

昔からそうだ。

ミレディ夫人がユーディに教えてくれるのは、今のユーディに必要なことだけ。

それ以外は教えてくれない。

8年前の出来事についてもそうだ。

ミレディ夫人は、きっと全てを知っている。

でも夫人はユーディにそれを教えてはくれない。たどり着くために必要な知識と機会は与えてくれても、ただ安易に答えだけを教えてくれることはない。

どうしても知りたいのならば、自らの手でたどり着けと言わんばかりに。

「それで黒公爵様。私に何の御用でしょうか？」

ヴィンセントは、真新しい封筒を取り出してみせる。

「実は、見知らぬ女性と手紙でやり取りすることになった」

「社交界のどなたかですか？」

「いや、庶民の女性であるらしい」

「……ということは《恋文文通》でしょうか？」

「恋文文通？」

初耳といった表情を浮かべるヴィンセント。

「黒公爵様、その手紙をお借りしてもよろしいですか？」

「ああ」

手渡された封筒を確認し、「やっぱりそうですね」と封筒の1ヵ所を指差す。

「ラルサス郵便社では、貴族様専用の宛先として8桁の秘密の通し番号が使われます。それと似た形で、恋文文通は頭に一文字と6桁数字で管理されているそうです」

そこには《F》を頭文字にした6桁の数字が並んでいる。

ユーディは続ける。

「恋文文通は、ラルサス郵便社が庶民向けに最近始めたサービスです。互いの名前も顔も分からない見知らぬ異性同士を無作為に繋《つな》ぎ、手紙で交流させるきっかけ作りなのだとか」

「ほう」

「参加される方の目的は様々です。見知らぬ相手との単純な交流、手紙を送る相手が欲しい方のお相手探し、……もちろん新たな出会いを求めて、という方もいると思います」

ユーディの説明に、ヴィンセントが感心した様子をみせる。

「まさか恋文を使ってそのようなことがされているとは知らなかった」

「庶民の間で広がる恋文文化の特徴ですね。恋文に対する関心は高いですから。こういった恋文を使った催し物は案外多いんです」

「まさに逸話の恩恵という訳か」

15年前に実際にあった現国王と亡き王妃殿下の逸話。

今ではこの国に住まう誰もが知る話であり、誰もが好む話でもある。

素敵で分かりやすく、それでいて誰もが感情移入しやすい恋物語。

これにより恋文というモノを初めて知った者もいると言われるほど、この逸話は本当にあらゆる層に浸透したのである。

数ある童話や民謡のように、王国に独自の影響を与えたと言わしめるほどに。

だからこそグラダリス王国では、今こうして恋文文化と呼ばれるだけの興味と関心が根付き、多種多様な広がりを見せているのだ。

「それで、この恋文文通とは人気なのか？」

ヴィンセントに尋ねられ、ユーディはなんとも言えない表情を浮かべる。

「どうでしょう。まだ始まったばかりのようですし、小耳に挟んだ話では、どうも男性の応募者だけが多くて、上手《うま》くバランスが取れていないみたいです」

見知らぬ男女の交流を売りにしたいようだが、なかなか難しいらしい。

「案外、男の方が恋文に興味があるのだな」

「というより、女性たちが慎重になっているだけだと思います。やはり見ず知らずの男性というのは少し怖いですから」

「率先してはしゃぐのは男たちで、女性陣はまだ様子見か」

「それにしても、なぜ黒公爵様は急にこのようなことを？」

ユーディに尋ねられ、ヴィンセントは頬を掻《か》く。

「以前、恋文に興味があると言っただろ。その一環で何かないかとミレディ夫人に話をしたところ紹介されたんだ」

スラスラと淀《よど》みなく答えるヴィンセントの言葉に、ユーディは「なるほど」と頷く。

「であればちょうど良《い》いかもしれませんね」

「嬉《うれ》しそうだな」

「本当に恋文に興味を持っていただけていたのだなと、少し嬉しく思っただけです」

素直に微笑《ほほえ》む、それがユーディの率直な感想だった。

そんなユーディの姿を目の当たりにし、ヴィンセントは「そうか」と小さく呟《つぶや》いた。

「1つ聞きたい。恋文代筆人はこの場合、どこまでしてくれるのだろうか？」

「おひとりで大丈夫なようでしたら、私は口出し致しません」

「いや、それは困る。正直ひとりでやれる自信はまったくない」

慌てる黒公爵の姿に、ユーディはクスクスと笑う。

「もちろん、お望みとあらば、全てこちらでご準備させていただいても構いません。ですがそれでは黒公爵様の楽しみを奪ってしまいかねません。であれば、私とご一緒に恋文の内容を考えてみるというのはいかがでしょうか？」

ユーディの提案に、ヴィンセントはどこか困った表情になる。

「何やら恥ずかしい気もするが、『恋文代筆人としての仕事を何かよこせ』とキミに言われたばかりだしな……」

どうやら大食堂での言葉を覚えていたらしい。

「……分かった。それで頼む」

「かしこまりました。ではさっそく、いただいた手紙の内容を確認してみましょう」

「ああ。一緒に見てみよう」

向かいのソファーに座っていたヴィンセントが立ち上がり、ユーディの隣にやってくる。

「同じ方向から見ないと読みづらいだろう」

「あの……」

「そ、そうですよね」

なんの躊躇《ちゅうちょ》もなく隣に腰を下ろしたヴィンセントと肩を並べる形になり、ユーディの心臓の鼓動はうるさいくらいに早くなる。

そんな恥ずかしい気持ちを悟られないように、隣のヴィンセントが封筒から取り出した手紙に集中する。

丁寧な文字だ。『名も顔も知らないどなたかへ』と始まった文面は、簡単な自己紹介として好きな物について書かれており、その上で『手紙のやり取りを楽しみたいと思っている』旨が書かれていた。

「最後の差出人のところには、『お好きに名前を付けていただきたく』とあるな」

「名前を伏せてやり取りしたい時の常套句《じょうとうく》ですね。貴族の皆様が使う符号と意味合いは同じです。その上でこちらに愛称を付けて欲しいという提案です」

「なんと呼べばいいだろう？」

「それは黒公爵様がお決めになられた方がいいかと。あくまでも恋文文通をされるのはあなた様なのですから」

ヴィンセントは悩む様子で文面を目で追い、相手が好きだと書いていた花の名前を指差す。

「アイリス、というのはどうだろう？」

「良いと思います。その上で少しアクセントをつける意味で、アイリスの君、とした方がお相手の女性は喜ばれるかもしれません」

「その心は？」

「差出人名もそうですが、全体的な言い回しなどから見て、お相手はよく手紙でのやり取りをされる方のように見受けられます」

「熟練者ということか。これは手ごわそうだ」

なんとも嫌そうな表情を浮かべるヴィンセント。

「いいではないですか、ご指導いただけると思えば」

「下手なことは書けないと身構えてしまう」

「前にお話ししたと思いますが、恋文に正解はないと思います。今回は文通ですし失敗してもいいではないですか。ただ相手から返事がこなくなるだけと思えば……」

「それは困る！」

急に大きな声を出され、ユーディはビクリと驚いた。

「……いや、すまない。折角だから、きちんと取り組みたいと思っていたものでな」

慌てて謝罪するヴィンセントに、ユーディも気持ちを落ち着かせる。

「こちらこそ驚かせるようなことを口にしてしまい申し訳ございませんでした。ご安心ください。誠意をもって対応されれば、先方もお返事を返してくださいますから」

「そうか」

ホッとした様子のヴィンセント。

「とはいえ、よほど恥知らずなことをされるおつもりであれば、その限りではありません。黒公爵様はそういうお手紙をご希望ですか？」

冗談めかして尋ねると、黒公爵が苦笑する。

「……私がそのような男に見えるか？」

「さあ、どうでしょう。私はまだ黒公爵様のことをよく知りませんから」

そう笑顔でおどけて返すと、ヴィンセントが嬉しそうに微笑んだ。

「普通に笑ってくれるようになったな」

向けられた言葉と優し気な視線に、ユーディは急に恥ずかしくなり、俯《うつむ》いてしまう。

「お、お戯れを口にするのはお止《や》めください」

「キミが意地悪なことを言うからだ」

そう言って黒公爵は、隣で縮こまるユーディの髪にそっと触れてきた。そうして恥ずかしくて余計に縮こまってしまうユーディの姿を見て、楽しそうに耳元で囁《ささや》いてくる。

「そういう反応をされると、もっと見たくなる」

エスカレートしていく黒公爵に、恥ずかしい気持ちが際限なく膨らんでいく。

だが一方で、やられっぱなしで悔しい気持ちも込み上げてきたユーディは、黒公爵に向かって言ってやる。

「あまりそういうことを言われるのであれば、お手伝いしませんよ」

顔を真っ赤にしながら反論するユーディのその一言に、黒公爵が慌てて手を引っ込める。

「それは困る」

「では真面目にお返事を考えましょう」

そのまま隣に座るヴィンセントから距離を取るように立ち上がったユーディは、ヴィンセントに指示を貰《もら》いながら執務室にあった紙と羽根ペン、インクを用意し、返事を書く準備を整える。

まずは下書きということで、ユーディがペンを握る中、ヴィンセントが尋ねてくる。

「こちらもまずは自己紹介がいいだろうか？」

「よろしいかと。その上で、今回の文通で何か心掛けたいことはございますか？」

「……強いて言えば私が黒公爵であることは悟られたくない、くらいだな。怖がられて返事がこなくなっては困る」

そんな冗談とも本気とも取れる要望に、ユーディは「ではそのように」と頷《うなず》いた。

意見を出し合いながら、下書きを書き進めていき、そのまま一気に文面を完成させる。

宛名は『アイリスの君へ』。

まず自己紹介として『商会で働いている、いち庶民である』と書き、その上で文通の目的も『あなたと同じように見知らぬ誰かと交流したい』とした。『できれば気兼ねなく文章を交わしたい』とも付け加え、最後の差出人の名は『ただのヴィン』となった。

「いかがでしょう」

色々と書きたいことや尋ねたいことはあるだろうが、まずは簡潔に最初のご挨拶として短くまとめた。

確認するヴィンセントも満足そうに頷く。

「悪くない。このまま清書を頼む」

「かしこまりました」

そう返事をしながらも、改めて文面に目を向ける。

「商会で働いている、ですか」

「経営者であると書こうと思ったが、それは何か自慢しているみたいで好きではない」

「あまり嘘《うそ》は書かれない方がいいと思いますが」

「嘘ではないさ。これでも大小を合わせれば両手では足りないくらいの商会の経営者という立場だ」

「そうなのですか！」

驚くユーディに、ヴィンセントは不機嫌そうな表情になる。

「ロウワード公爵家当主の肩書きを侮ってもらっては困る。ちなみに裏も合わせれば、さらにその倍以上だ」

「確かにそれは凄《すご》いですね」

素直に感心するユーディ。

「……と、こういった物言いをするのは、あまり好きではないんだ」

本当に言葉通りらしいのは、目の前のヴィンセントの様子を見ていれば分かる。

だがそれも妙な話だと、ユーディは思ってしまう。

なにせ黒公爵という悪名は、これだけ派手に広がっているのだ。

そのはずなのに、なぜかヴィンセントは、本当の自分の姿を強調したがらない。

目の前の彼について知ろうとする中で、ふと感じる違和感だ。

（それも気になるけど、今は恋文代筆人としての仕事に集中しなきゃね）

真新しい紙を用意したユーディは、慣れた手つきで手紙の清書を進めていく。

「できました。最後のお名前は、是非ご自分で」

ユーディに勧められ、ヴィンセントは自らペンを持ち、手紙の最後に『ただのヴィンより』と書き終える。

出来上がった恋文を丁寧に折りたたみ、宛先となるFから始まる6桁の数字を書き込んだ封筒にしまう。

「あとは封をするだけだな」

「黒公爵様。一応ご注意させていただきますが、この封筒にロウワード公爵家の蠟印《ろう》を押してはいけませんからね」

いつもそうしているのだろう。準備をしようとしていたヴィンセントが慌てて動きを止める。

「……そうだった。この恋文文通をしている間、私はただのヴィンだったな」

ごまかすように咳払《せきばら》いをするヴィンセントの姿が可笑《おか》しくて、ユーディは思わずクスクスと笑ってしまった。

改めて、用意していた蠟燭《ろうそく》の蠟を垂らして封筒を閉じる。

これで恋文文通の返事は完成である。

すぐにヴィンセントが呼び鈴を鳴らす。

ほどなくして執事レンが執務室に入ってきた。

「お呼びでしょうか、ヴィンセント様」

「例の恋文の返事が用意できた。すぐにラルサス郵便社に持って行ってくれ」

「かしこまりました」

「くれぐれも頼んだぞ」

「心得ております」

封筒を受け取った片眼鏡の執事は、恭しく頭を下げると執務室を出て行った。

「では黒公爵様。私もこれで」

ユーディもまた、仕事は終わったと退室を申し出る。

「ご苦労だった。それと……これからもよろしく頼む」

「おまかせください」

ユーディは笑顔でそう答えた。


執務室を後にしたユーディの気持ちはどこか晴れやかだった。

とても気分がいい。素直に仕事を楽しんでいる、そう思える自分がいた。

「あの……恋文代筆人様。よろしいでしょうか？」

軽快な気持ちで長い廊下を歩くユーディに、誰かが声を掛けてきた。

相手は若い家政婦であり、このお屋敷《やしき》で何度か見たことがある顔だ。

「はい、なんでしょう？」

「私、このお屋敷で下働きをさせていただいております、キキと申します。……実はご相談したいことがございます」

そんなキキの手には、封筒が握られていた。

4

相談したいと声を掛けてきた若い家政婦のキキ。

おそらく本当の自分と同じ年くらいだろうと推測するユーディは、そんな彼女から話を聞くべく、自室となっている客室へと戻ってきた。

するとソファーに座り本を読んでいたリュナが立ち上がる。

「お帰りなさい、ユーディ先生。……それと、キキさんじゃないですか」

「こんばんは、リュナ君」

そんな2人の様子を見て、ユーディはリュナに尋ねる。

「えっと、顔見知り?」

「この屋敷に来たばかりの時に親切にしてもらった縁で、仲良くさせてもらっています」

「私の方こそ。時々仕事を手伝ってもらいながら、お喋《しゃべ》りに付き合ってもらっているんです」

そんな気心知れた様子の2人。

とりあえず、キキにはソファーに座ってもらい、ユーディもその向かいに腰を下ろす。

「それでキキさん。私にご相談というのは、その手に持っている封筒が関係しているのでしょうか？」

パッと見だがそれは、庶民の間で流行《はや》っている恋文用の封筒のようである。

キキはコクリと頷く。

「実は……顔見知りの男性から、こっそりとお手紙をいただいたんです」

それはよかったですね。

と、ユーディが思わず口にしそうになったのは、それが求愛の恋文である可能性が高いと思ったからだ。

グラダリス王国で広がりを見せる恋文文化。

その根源となるのは、15年前に実際にあった現国王と亡き王妃殿下の逸話である。

隣国の王女に一目惚《ひとめぼ》れした王子は、始まりの恋文代筆人の手を借り7通の恋文を用意し、それらを密かに王女に送った。そして最後の恋文で愛を告白した王子の前に、花嫁衣裳《いしょう》を着た王女が姿を現し、愛ある返事をする。

多くの国民がこの逸話を敬愛し、憧れから真似《まね》をしたいと思う若者もとても多い。

だから庶民の間では、男性が女性に、それもこっそり手渡しで恋文を渡すことは、恋人になって欲しいという求愛、さらには結婚して欲しいというプロポーズを意味する場合がほとんどだ。

「何か問題があったのですか？」

「それが……よく分からないんです」

「分からない？」

話を聞くと、手紙をくれたのは屋敷に出入りするマフィアの青年ビリー。

彼とは、お互い姿を見かければ気軽に声を掛け合い、今では仲良く会話を楽しむ間柄なのだそうだ。

そんな彼から人目を避けるように手紙を渡された。

「その……恥ずかしい話、たぶんそういう意味なのだろうと舞い上がるくらい嬉《うれ》しかったんです。だからすぐに手紙の内容を確認したのですが……」

「したのですが？」

「……何やら悪口と思《おぼ》しきことが書いてあったんです」

キキはそう言って、手に持っていた封筒をユーディに差し出す。

ユーディは「見させていただきますね」と許可を取り、封筒から恋文を取り出す。

ついでにソファーの後ろからリュナも手紙を覗《のぞ》き込んでくる。

そうして2人はすぐに微妙な表情を浮かべた。

そこには、少々よれた字でこう書かれていたからだ。

『キキ、まるで君は穴の空いた鉄鍋のようだ』

思わず顔を見合わせる、ユーディとリュナ。

そんな2人にキキが尋ねてくる。

「私、そういうことにはさっぱりで、よく分からないのですが。その言葉には何か……特別な意味があるということはないでしょうか？　その……求愛的な」

まるで縋《すが》るような視線を向けられてしまい、申し訳ない気持ちになりながらもユーディは首を横に振った。

「残念ながら、あまり聞いたことがない表現ですね」

「そう、ですか……」

力なく項垂《うなだ》れるキキの目には次第に涙が溢《あふ》れてくる。

「キキさん、大丈夫ですか！」

「すみません。……私、ビリーさんのことが……好きだったんです。だから手紙を貰《もら》った時、本当に嬉しくって。だけど書いてあることがこんなことで、どうしていいか分からなくて」

よほどショックだったのだろう。

駆け寄ったリュナがキキの肩に手を置き、慰めるように声を掛ける。その上でチラリとユーディの方を見てきた。

そんなリュナが何を言いたいのかは理解できたし、もちろんユーディもそのつもりだ。

だからユーディは眼鏡を外し、手にある手紙をジッと見つめる。

ユーディには特別な力がある。

何かしらの思いが籠った手書きの文章を見つめることで、その裏にある書き手の見えない真意を感じ取ることができるのだ。

この恋文の文章からも、送り主が込めた大切な思いを感じ取ることができた。

(間違いない。この恋文を書いたビリーさんは、ちゃんと告白のつもりで手紙を書いている。……まあ、内容はおかしいけれど)

とにもかくにも手紙をくれた相手の真剣な気持ちは分かった。そして目の前で涙を流すキキの本心も聞かせてもらっている。

ならやることは1つしかない。

「キキさん。何かの間違いかもしれません。私に少し調べる時間をいただけませんか？」

ユーディの言葉に、キキが顔を上げる。

「……よろしいのでしょうか？」

「はい」

頷《うなず》くユーディを前にして、キキがチラリとリュナを見る。

そんな心配に応えるようにリュナも「先生に任せれば大丈夫ですよ」と答える。

「ありがとうございます、ユーディ様。……それでなのですが」

「？　はい」

「ユーディ様には、いかほどお支払いすればよろしいでしょうか？」

恐る恐るといった雰囲気のキキの言葉に、思わずきょとんとなる。

「えっと……お金の話ですか？」

「実はいただいているお給金は、ほとんど両親と弟たちに仕送りしておりまして。……あでも、少しずつ貯《た》めていたお金はあるんです」

キキは微笑《ほほえ》み、こう続ける。

「結婚資金として」

ユーディはバッと手のひらを前に出す。

「いりません。結構です」

「そ、そんなこと言わず！」

「落ち着きましょう、キキさん。おそらくキキさんは、ちょっと冷静じゃなくなっています」

「で、ですが、おとうが言っていたんです！　都会じゃタダより高いものはないって！　絶対に裏があるから、必ず先に金額は確認しろって！」

おそらく過去に手痛い詐欺にでも遭ったらしいキキのお父さん。

「そういう大事なお金は取っておいた方がいいです」

「いいんです。ビリーさんと結ばれないのであれば、こんなお金持っていても仕方ないですから」

そう微笑むキキの目は完全に据わっていた。間違いなく変なスイッチが入っている。

（ま、まずい！）

依頼人のただならぬ様子に、ユーディは必死になって頭を巡らせる。

そして咄嗟《とっさ》に思い付いた言葉を、慌てて口にしてしまった。

「私はアレです！　黒公爵様の恋文代筆人ですから！　黒公爵様はあなたからお金を取るような方ですか!?」

キキがビクリとなって、顔を上げる。

「……いえ。黒公爵様はそんなことをされる方ではありません」

そうしてどこか懐かしむように口を開く。

「黒公爵様やマフィアの皆さんは、困っていた私たち家族に手を差し伸べて下さいました。『施しはしない、きちんと働いて家族と生きていく意志があるのなら』と真っ当な仕事を紹介してくださったんです」

この屋敷で働く人々がそうであるように、キキもまた、そうして手を差し伸べてもらった人間の1人であるらしい。

気持ちが落ち着いたらしいキキは、ユーディに向かって頭を下げる。

「すみません、少々取り乱してしまいました。……正直もう、ビリーさんを刺して私も死ぬしかないと思っていたもので」

えへへ、と可愛《かわい》らしく頬を掻《か》いて笑いながら、とんでもないことをカミングアウトするキキに、ユーディは引《ひ》き攣《つ》った笑顔を浮かべることしかできなかった。

とりあえず今日はここまでとし、また進展があれば、ということでお帰りいただくことにした。

「それではよろしくお願い致します」

客室から出て行ったキキを見送り、ユーディは思わずため息を吐く。

「キキさん。ちょっと思い込みの激しい人みたいね」

リュナも頷く。

「普段は気が利く素直なお姉さんだと思っていたのですが、やはり恋愛はその人の隠れた本性を曝《さら》け出《だ》すのですね」

少年助手は、冷静に何かを学び取っているようだ。

「ところで先生。ビリーさんはあの手紙を恋文のつもりで出していたんですよね？」

ユーディが持つ特別な力を知るリュナの質問に、ユーディは頷く。

「ええ、そうみたい」

「だと思いました。傍《はた》から見ていても、ビリーさんがキキさんのことを好きなのは分かりましたから」

「……リュナは、ビリーさんのことも知っているの？」

「ええ。顔見知りです」

一緒にこのお屋敷《やしき》にやってきたはずなのに、自分以上に知り合いを増やす順応力が高すぎる助手に、ユーディはただただ感心するしかなかった。


翌日の午後、昼時の忙しさを抜けた食堂にて。

「まさか、若のお抱え恋文代筆人さんに声を掛けてもらえるとは嬉しい限りです」

そうユーディに向かって拝むように手を合わせる、マフィアの青年ビリー。

リュナに連れてきてもらったビリーは、年の頃はキキや自分と変わらないくらい。剃り込みのある気合いの入った髪型から血気盛んな印象を受けるが、裏表のない真っすぐな性格をしているように見受けられる。

「とりあえず、そういうのは止《や》めてください。恋文代筆人はそこまで大層なものではないと思うので……」

「なにを言うんすか！　今の王様の結婚を成功させたのだって、始まりの恋文代筆人さんすよ！　恋人が欲しい俺たちみたいな男からすれば恋愛の守り神みたいなもんすよ！」

逸話に関わったとされながら、その正体を伏せられている始まりの恋文代筆人。

このグラダリス王国に恋文文化が広がるきっかけとなったのが王と亡き王妃の逸話だとすれば、恋文文化を牽引《けんいん》する恋文代筆人という肩書きを生み出したのは、間違いなく始まりの恋文代筆人たる彼女の功績であるとユーディは思っている。

「恋文を送る時は、恋文代筆人さんに相談に乗ってもらう。それが上手《うま》くいく秘訣《ひけつ》ですから」

逸話にあやかろうとする庶民は多く、特に好きな女性に恋文を送ろうとする男性たちは恋文代筆人に助言を求めようとすることがとにかく多い。

かくいうユーディも、以前アパートメントで暮らしていた時は、その手の男性たちからよく相談を持ち掛けられ、仕事を貰っていた。

ビリーにはいったん落ち着いてもらい、食堂の空いている席に向かい合わせに座る。

「単刀直入に言います。キキさんから相談を持ち掛けられました。あなたから悪口のようなことを書かれた手紙を貰ってどうしたらいいか分からないと」

途端にビリーの表情が凍り付く。

「悪口……えっ？　それって……俺が送った……あれ？」

「恋文のつもりで送ったんですよね？　ならあの恋文に書かれていた内容には、いったいどういう意味があるんですか？」

まるで君は穴の空いた鉄鍋のようだ、が意味することは何なのか、尋ねるユーディ。

「いや、あれは……恋人同士になりたい、的な意味では？」

なぜか疑問形で聞き返してくる、ビリー。

「どうして自信なさそうなんですか？　ちゃんと意味を理解して手紙に書いたのではないんですか？」

「……いえ。正直、相談に乗ってもらった恋文代筆人に言われたまま書いただけで……ぶっちゃっけ、意味とかよく分かっていませんでした」

なんとなく話が見えてきた。

ユーディ同様、ビリーの隣に立ち、話を聞いていたリュナも「やれやれ」といった表情を浮かべている。

そんなユーディたちの姿にビリーが慌て始める。

「あれって、今王都で流行の殺し文句で、１００％絶対にＯＫ貰えるんじゃ……」

「そんな恋文あるわけないじゃないですか」

「……もしかして、俺、騙《だま》されたんすか？」

「騙されたんでしょうね」

きっぱりと断言したユーディの言葉が信じられなかったようで、ビリーは隣に立つリュナに救いの視線を向ける。

「ビリーさん、完全に騙されています」

すまし顔のリュナの言葉は、無慈悲にバッサリとマフィアの青年を切り捨てた。

「……あ、あいつふざけんじゃねぇぞ、マジで！」

ビリーが頭を抱えて吠《ほ》え出した。

「クソ！　あの恋文代筆人を名乗ったクソ野郎！　人から高い金巻き上げて！　マフィアを騙したらどうなるか、分からせる必要があるみたいだな！」

どうやら結構な金額を払ってしまっていたらしい。

「整理しますけど、ビリーさんはキキさんに恋文を送ろうとしたんですよね」

「はい！　どうしても恋人になりたくて！」

真っすぐな熱意ある瞳で拳を握る姿から、その本気さは伝わってくる。

「ではもう一度、きちんとした内容の恋文をキキさんに渡しましょう」

そんなユーディの提案に、ビリーが驚いた表情を浮かべる。

「それって……あなた様に相談に乗っていただける……ってことっすか？」

「はい。それとあなた様ではなくユーディです」

「あざっす、ユーディの姐御！」

元気よく頭を下げるビリー。だがすぐに恐る恐るといった感じで顔を上げる。

「それで……ユーディの姐御には、いかほど代金をお支払いすれば……」

思わずため息が零《こぼ》れる。

「だからいりませんって」

「いや、恋文代筆人の方に時間を取っていただくのに、そういう訳にも……」

恋文代筆人も仕事なので対価を支払ってもらわないと困るのは確かだ。さりとて、払えば払っただけご利益があるという間違った発想を持ってもらっても困る。

そう説明したいが、たぶん今ビリーに何を言っても妙な解釈しかされない気がする。

だからユーディは伝家の宝刀を抜くことにした。

「私は黒公爵様のお抱え恋文代筆人です。黒公爵様はあなたからお金を搾取されるような方ですか？」

するとビリーは首を横に振る。

「いえ。若はそういうお人ではないです」

即答で、一切の疑念なくそう答えた。

「もし黒公爵様だったら、こういう場合、どうされますか？」

「ただただ真摯に相談に乗ってくれると思います。もちろん金とかそういうのは抜きで……ああでも『今度メシを奢《おご》れよ』とかは言われるかもしれませんね」

兄貴風を吹かせるヴィンセントの姿を想像し、ますますユーディの頭の中で、恐ろしい黒公爵像とヴィンセントが結びつかなくなっていく。

「あとはそうですね。騙したヤツにキッチリ落とし前付けろと言うと思います」

「……」

「何人かで乗り込んで取っつかまえて詐欺紛《まが》いをしたことを後悔させてやれと、具体的な方法を幾つか提案してくれると……」

ユーディはバッと手を翳《かざ》して、話を中断させる。

「それ以上は私の関与するところではないので、答えていただかなくて結構です」

今のは聞かなかったことにする。

「とにかくお願いします！　キキに思いを伝えるために必死に文字を覚えたんです！」

勢いよく頭を下げるビリー。

確かにキキに見せてもらった恋文の字は拙かった。だがその熱意が本物であることを、ユーディは理解しているつもりだ。

「大丈夫です。ただ自分の素直な気持ちを伝えればいいと思いますよ」

「……いやでも、一世一代の大勝負ですし、そこは何か洒落《しゃれ》たことを書いた方がいい気が」

「なら今度は『錆《さ》びたフライパン』とでも書いてこっぴどくフラれたらどうですか？」

て宣言する。

にこやかに笑いながらも、怖いオーラを纏《まと》うユーディの姿に、ビリーが居住まいを正し

『ただキミを愛している』と素直な気持ちを伝えようと思います！」

そうしてくれるとありがたいが、この様子では、また何か要らぬことをやりたいと言い

出しかねない。

ならばということで、ユーディはいいことを思い付いた。

「リュナ。ビリーさんが恋文を書くのを手伝ってあげてくれる？」

「分かりました、ユーディ先生。お任せください」

おそらくリュナもその方が話は早いと思ったらしく、素直に応じてくれた。

「……えっ、もしかしてリュナ坊が前に言っていた恋文代筆人の助手っていうのは冗談じ

ゃなくてマジだったのか？」

「本当ですよ」

「なんだよ、てっきりそういう摑《つか》みのネタなのかと思ったじゃねぇか！」

嬉《うれ》しそうにバンバンとリュナの背中を叩《たた》くビリー。

「頼むぜ、リュナ坊！　おもいっきりイカした内容にしたいんだ！」

「あくまでも僕が独自に集めた統計的な観察結果ですが、素人が下手にイキッた恋文を書

いた場合、失敗するケースが大半だと思っています」

「ただありのままの気持ちを書こうと思う！」

そんな2人のやり取りに、ユーディはただ笑うしかなかった。

「……えっと、それじゃあ頑張ってね。もし何かあったら相談してね」

「分かりました」

「頼むぜ、リュナ坊！　今度何か奢るからよ！」

「いいんですよ、ビリーさん。その代わり今回のことは貸し1つですからね」

なぜだろう。リュナが口にする貸し1つは、まるで悪魔に魂を売るのと同等のような囁《ささや》きに聞こえるのは。


さらに翌日の午前中。

厨房《ちゅうぼう》で食材の下ごしらえをしていたユーディの元にキキが顔を出した。

「ユーディ様。少しよろしいでしょうか？」

料理長に一言断ってから廊下に出ると、キキが嬉しそうに話し出す。

「聞いてください。さっきビリーさんから改めて恋文をいただいたんです」

その様子から、今回受け取った恋文はちゃんとした告白だったようだ。

「それはよかったですね」

「こんな気持ちになれるなんて、がんばって文字を勉強したかいがありました」

キキのそんな一言に、ユーディは興味本位で尋ねてしまう。

「やはりそれまでは、文字を勉強されたことはなかったんですか？」

キキは恥ずかしそうに頷《うなず》く。

「私の実家は田舎の農村でして。文字なんて覚える必要はないと両親も言っていましたし、私もそう思っていました。……でも王妃殿下が登場される恋文の逸話を聞いて、とっても憧れてしまって。だから必死になって文字を勉強したんです」

そうしてポケットから取り出した恋文を胸に抱きしめ、嬉しそうに微笑《ほほえ》む。

「だって、ちゃんと分かりたいじゃないですか。いつか私に恋文をくれる人が現れた時、その人が自分にどんな言葉をプレゼントしてくれたのか」

そう言って今の幸せな気持ちを喜ぶキキは、最後にこう呟《つぶや》いた。

「きっと亡き王妃殿下も、恋文をいただいた時はこんな気持ちだったんでしょうね」

このグラダリス王国は貴族と庶民の身分差が顕著である。

だが隣国シェラザードから嫁がれた王妃殿下は、そんな身分による線引きをどこか嫌っていたという。だから庶民の前に積極的に顔を出され、触れ合う機会を大切にされた。

さらに王妃殿下は国民に対して、色々な取り組みもされていたそうだ。

その中の1つとして、恋文の逸話がある。

王妃殿下から語られ広がった恋文の逸話が、これほどまでグラダリス王国に浸透したのは、間違いなく亡き王妃殿下の人気の裏付けであると言えるだろう。

いつか王妃殿下のように。王妃殿下のような恋を。

それが多くの女性の夢でもあるのだ。

「本当にありがとうございました、ユーディ様。これからビリーさんにお返事を伝えに行こうと思います」

逸話では、王子は王女に恋文を送り、王女は王子に言葉を返したという。

だからこそ逸話に則《のっと》り、恋文で告白された女性は、相手の男性に直接言葉を伝えるのだ。

「頑張ってくださいね」

「はい」

嬉しそうに走っていくキキを、ユーディは笑顔で見送る。

なんにしても上手《うま》くいったようで本当によかった。

「ご苦労だったな」

背後からかけられた聞き覚えのある声に、思わずビクリとする。

「く、黒公爵様！」

そこにはヴィンセントが立っていた。

「ちょっとした噂《うわさ》になっていたぞ。キミが若者の恋文の相談に乗っていたと。それと随分強調していたようだな。自分が俺の恋文代筆人だと」

ニヤリとしたその笑みに、思わず恥ずかしくなる。

「そ、それは言葉の綾《あや》というものでして……」

話が早いからと気軽に使った手前、どこか後ろめたい気持ちのユーディは一歩距離を取る。

「問題はないだろう。実際にその通りなのだから」

どうやら許してもらえたようだ。

ヴィンセントはキキが走り去っていった廊下に目を向ける。

「それにしても恋文代筆人は、思っていた以上に庶民には人気なのだな」

「これも逸話の恩恵。そして何より始まりの恋文代筆人のおかげです」

庶民からすれば貴族、さらに国王や王妃ともなれば雲の上の存在だ。

そんなやんごとなきお方に手を貸した始まりの恋文代筆人の素性は全て伏せられている。ただ庶民の出であったことだけは周知の事実となっている。

亡き王妃殿下によって広められた逸話、そして始まりの恋文代筆人の存在は、庶民たちの常識を大きく揺さぶるほどの衝撃と影響を与えたのだ。

「しかしこのまま放っておくと、キミに依頼が殺到しそうだな。やはり報酬を受け取る算段はきちんと考えた方がいいのではないか？」

「あなた様がお嫌でなければこのままでも。なにせ多めの報酬を、黒公爵様から先払いでいただいていますから」

「また相談を持ち掛けられるかもしれないぞ」

「その時は、ただ恋文代筆人として応じればいいだけです」

ユーディがそう答えると、「なるほど」とヴィンセントが納得した表情になる。

「？　なんですか？」

「キミは地位や金銭よりも、ただ単純に誰かを笑顔にするのが好きなようだ。であれば恋文代筆人という仕事は、まさにキミの天職なのだろうな」

——ヴィンセントが何気なく口にした言葉。

ただ、それはユーディにとって衝撃的なものだった。

「そう、でしょうか？」

「少なくとも私にはそう見える。恋文を通して誰かを笑顔にした時のキミは、本当に嬉しそうに笑っている」

思わず自分の顔に指先で触れてしまう。

今こうして彼に言われるまで、そのことに無自覚だったからだ。

ユーディには目的があり、そのための手段として恋文代筆人をしている。

だから本当の意味で、自分は彼女のような代筆人にはなれないと思っていたのだ。

──でもたった今、彼が「そうではない」と教えてくれた気がした。

「もし、本当にそうだったら、嬉しいです」

そして考えてしまう。

なぜ彼の一言で、自分はこうも嬉しい気持ちになってしまうのか？

チラリと顔を上げると、ヴィンセントと目が合ってしまい、慌てて俯《うつむ》く。

「そ、それで黒公爵様。私に何か御用でしょうか？」

恥ずかしさをごまかすようにそう尋ねる。

「そうだった。先ほどアイリスの君から恋文文通の返事が届いたんだ」

ヴィンセントが手に持った恋文を見て、ユーディは微笑む。

「では、また一緒にお返事の内容を考えなければなりませんね」

素直に楽しい。この人の隣にいることが。

そんな風に思ってしまっている自分がいることを、ユーディは否定出来ずにいた。

第5話　ユーディの秘密

1

「ヴィンセント坊ちゃんがお越しになるとは、これまた珍しいこともあるもんですな」

ロウワード家の屋敷《やしき》にある室内庭園の中、ひとり花壇に咲き誇る花たちを見ていたヴィンセントは、声を掛けてきた庭師の老人に困ったような表情を浮かべる。

「坊ちゃんは止《や》めてくれ、ジョゼ爺《じい》。これでも一応は、ロウワード家の当主だ」

「そうでしたな。これは失礼致しました、若」

日焼けした肌に眼帯が特徴的なジョゼ爺は、わざとらしく礼をしてみせる。

このロウワード家の屋敷でヴィンセントと長い時間を過ごしてきた者たちは、ヴィンセントを黒公爵と呼ばず、若と呼ぶ者が多い。

それは敬愛の印なのかもしれないが、ヴィンセントはまだ自分が認められていないからだとも考えている。

「それでヴィンセント坊ちゃん、こちらの庭園には何用で？」

ジョゼ爺の呼び方があっという間に戻ってしまったことを気にせず、ヴィンセントは目の前の花たちに目を戻す。

「話のネタを探しにな」

「といいますと？」

「今、仕事で女性と手紙のやり取りをしているんだが、その話題探しだ。お抱えの恋文代筆人に『何か女性が喜びそうな話題を考えておけ』と言われてしまってな」

苦笑するヴィンセントに、ジョゼ爺が「ふむ」と顎鬚《あごひげ》を撫《な》でる。

「最近、噂になっている眼鏡のお嬢さんですか」

「ジョゼ爺も知っているのか？」

「家内がクラウディア嬢ちゃんから聞いたと言っておりました。『ヴィンセント坊ちゃんにお気に入りの娘ができた』と」

その報告に、ヴィンセントは困った表情を浮かべる。

「まったく、クラウは何がしたいんだか」

「いつまでも独り身の坊ちゃんを案じていらっしゃるのでしょう。良《い》いお相手が見つかったと思われているのではないですかな」

「……彼女はそんなのではない」

そう答えるヴィンセントに、ジョゼ爺は目を細める。

「まあ坊ちゃんがそう言うのなら、そういうことにしておきましょう」

ジョゼ爺はそのままヴィンセントの隣に並び、尋ねてくる。

「坊ちゃん、そこの紫の花の名前は分かりますか？」

「キキョウだな」

「ちなみに花言葉はご存じで？」

「確か『永遠の愛』『誠実』だったな」

「では向こうに植えてある赤みがかった花は？」

「イキシア」

「花言葉は？」

「『秘めたる恋』」

「なるほど。よく勉強されている。ですが……」

ジョゼ爺は目を細め、こう続けた。

「こうして花を眺めていてもちっとも面白くないのでしょう？」

ヴィンセントは気まずそうな表情を浮かべる。

「気を使う必要なんてありません。先代当主であるお爺様も同じ……いえ、むしろ花なんてどれも同じに見える、とおっしゃっていましたから」

「……なんだか、すまない」

ジョゼ爺は「坊ちゃんが謝る必要なんてありません」と気にした様子もなく笑う。

「では、庭師の爺がとっておきの庭園の楽しみ方をお教えしましょう。……と言っても、この楽しみ方は先代当主のお言葉ですがね」

それを聞いたヴィンセントは、実に破天荒な祖父らしいと思った。

「ところでジョゼ爺、仕事を頼みたい」

すると庭師の老人は、背筋を伸ばし恭しく頭を下げる。

「なんなりとおっしゃってください、若」

やはりまだ黒公爵とは呼んでくれないらしい。

2

「花を一緒に送るのはどうだろう？」

黒公爵の執務室。

アイリスの君への返事を考える中、ヴィンセントからの提案に、ユーディは笑顔で頷《うなず》く。

「良い考えだと思います。……あっ、でも生花ですし、一緒に届けてもらえるでしょうか？」

「手紙を配達するのは、ラルサス郵便社だ。頼めば何とかしてくれるだろう」

黒公爵を手伝うユーディの目から見ても、恋文文通は順調だった。

アイリスの君から手紙が届けば、ヴィンセントはすぐにユーディに声を掛け、その日のうちに返事を書いた。

そのままヴィンセントが用意する毎回違う小さな花束と共に、ラルサス郵便社に手紙を出すのだ。

すると3、4日ほどでラルサス郵便社の配達員が、アイリスの君からの手紙を運んでくる。

ほぼ同じ間隔で届く手紙の内容も、送られた花の感想から始まり、そこから他愛もない内容が続く。

アイリスの君は紅茶が好きなのだそうだ。いつも決まった時間に聞こえてくる讃美歌《さんびか》に心が安らかになるという。最近はぐずついた天気が続くせいか、どうにも鼻の頭が痒《かゆ》くなるらしい。

特別ではない日常のちょっとしたことが綴《つづ》られており、そして手紙の最後で、彼女は決まってこう書いていた。

『ヴィンさんと文通が出来て、とても楽しいです』

見知らぬ彼女の笑顔が思い浮かびそうな、そんな一言だ。

「喜ばれているみたいでよかったですね」

そんな返事を素直に嬉《うれ》しく思うユーディ。

「ああ」

だが一緒に手紙を読むヴィンセントは、いつもどこかうわの空のような返事をする。

何か考え込むようにして、そしてすぐに返事を書く準備を始めるのだ。

ヴィンセントは今回の恋文文通に真面目に取り組んではいる。

でも純粋に楽しんでいない。

ユーディは薄々それに勘付いていた。


「それは、黒公爵がユーディ先生に話していない何かがあるから、ではないですか？」

戻った客室で助手のリュナに相談すると、そう言われた。

「かもしれないわね」

「それとお相手のアイリスの君の手紙からは本当に何も感じられないのですか？」

「……そうなの」

ユーディには特別な力がある。

手書きの文章から、書き手がペンを握った時の心情を感じ取ることができるのだ。

ただなんでもかんでも分かるわけではなく、書き手が気持ちを込めた文章に限る。

アイリスの君が送ってくれる手紙の文面からは、彼女が本当にヴィンセントからの手紙を嬉しく思っている様子が読み取れる。

にも拘《かか》わらず、ユーディはなぜかそんな手紙の裏側からアイリスの君の思いも感情も、何も感じ取ることができずにいた。

理由はさっぱり分からない。

そのせいか特別な力を持つユーディから見て、アイリスの君の恋文はどこか感情が抜け落ちているというか、真意が見えない奇妙な恋文にも感じられるのだ。

(単に上辺が綺麗《きれい》な文章を書いているだけなのかな?)

とはいえ、自身が持つ特別な力を抜きにすれば満点の内容であり、恋文文通としては何の問題もない。

(大丈夫。きっと黒公爵様にとって今回の恋文文通は素敵な体験になってくれるはずだ)

気になることはある。

でもユーディはそうあって欲しいと願い、それだけを信じたいと思っていた。

ロウワード家の屋敷でのユーディの生活も、それなりに充実してきていた。

変わらず厨房《ちゅうぼう》の手伝いをしたり、屋敷にある大きな図書室で本を借りて読んだり、顔見知りになったキキやビリーと話をしたり、他の使用人やマフィアの人から恋文の相談を受けたり。

そんな日々が続いたところで、ある問題が発生した。

ヴィンセントが返事を送ってから1週間しても、アイリスの君から返事が来ないのだ。

そんな中、ユーディはヴィンセントから呼び出しを受けた。

「恋文文通の返事がまだ届かない」

執務室にやってきたユーディに、ヴィンセントはそう零《こぼ》した。

「そのようでございますね」

「返事の催促や、もう一度こちらから手紙を送るのは、やはりよくないだろうか？」

「……無くはないと思いますが、あまり良い印象は持たれないかもしれません」

基本、文通は交互に手紙を送り合うのを暗黙のルールとしているからだ。

「何かの手違いで、こちらが送った手紙が届いていない可能性もある」

「それは否定できません。ではせめてもう1週間ほど様子を見るのはどうでしょう。それで返事がなければ……」

「そんな悠長に待っている時間はない！」

驚いてしまった。ヴィンセントが大きな声を出したからだ。

そんなユーディの様子に気付きヴィンセントが気まずそうに謝る。

「……すまない」

明らかにただ事ではない様子。

だからこそ聞かずにはいられなかった。

「黒公爵様。何か私に隠し事をされていませんか？　本当に、ただ相手の方と恋文文通をされているだけなのですか？」

「……」

そんなユーディの質問に、ヴィンセントは、ただ視線を逸《そ》らした。

「黒公爵様」

「キミには関係ないことだ」

問い詰めようと一歩前に出たユーディに向かって、黒公爵は吐き捨てるように言った。

だがすぐに自分の口にした言葉にハッとなり、ユーディの方を見てくる。

その時、彼がどんな表情を浮かべていたのか、眼鏡を掛けていたのに分からなかった。

——彼が口にした言葉が、ユーディにとって、とてもショックな一言だったからだ。

視界が揺れるような錯覚に襲われ、変な耳鳴りがして、気持ちが悪くなる。

自分が信じたい、と願った全てが否定された気がした。

そう思ったら、心の中がぐしゃぐしゃになり、何も考えられなくなった。

「……そう、ですよね。私は所詮、黒公爵様にお金で雇われただけの恋文代筆人。命令されたことに従うだけの駒でしかありませんから」

ユーディの言葉に、ヴィンセントが慌て出す。

「そんなつもりで言ったわけでは……」

「申し訳ありません。本日はこれで失礼します」

ユーディはヴィンセントの言葉を聞かず、執務室を飛び出していた。


廊下で駆け足になりながら、強く後悔する。

分かっている。たった今自分が礼を欠いた行動をしてしまったことを。

雇い主である貴族に対して、向けてよい態度ではなかったと。

頭では、ちゃんと理解している。

それでも、心の奥から溢《あふ》れてくる黒い感情を抑えることができなかったのだ。

(ほら見たことか。あの男も他の貴族と変わらない。恋文代筆人を道具としか思っていない)

暗い言葉がとめどなく溢れ出てくる。

ユーディには特別な力がある。

初めてその力に気付いたのは、幼少の頃、実家で目にした、とある手紙を見た時だった。文面に書かれていた内容とは、まったく違う書き手の意思がダイレクトに伝わってきたのだ。

まだ幼かったため、初めは何が起こったか分からなかった。だが多くの書物に触れ、物事の機微を理解できるようになるうちに、自分の力を自覚した。

母親に密《ひそ》かに相談したこともある。母は驚いた表情をしたが娘が口にした奇妙な言葉を疑いはしなかった。ただ「それは決して誰にも明かしてはならない」と言われた。

理由を尋ねると、母はこう言った。

『あなたのお祖母《ばあ》さんもね、同じ力を持っていたの』

幼い頃に亡くなったと聞かされた祖母のことを話すのは、家では固く禁じられていた。

でも特別な力を持つユーディは、そんな彼女に触れる機会があった。

貴族の身勝手により非業の死を遂げた彼女が、家族に遺《のこ》した最後の手紙。

自分を特別な力に目覚めさせた手紙である。

そしてその手紙からユーディが最も強く感じ、未《いま》だ忘れられない感情の色彩がある。

覚悟と孤独。

——それとまったく同じ感情を黒公爵は持っていた。

最初の依頼で預かった返事の下書きからそれを感じ取ったユーディは、ずっと彼のことが気になっていた。

そうしてこの屋敷《やしき》にやってきて、彼の人となりを知るうちに、思うようになったのだ。

何かしたいと。

もしかすると彼女と同じ運命をたどるかもしれない彼のために。

そうなってほしくないと思ったから。

彼が笑い、素敵な言葉をくれる度に、ユーディは強くそう思うようになっていた。

——でもそれは所詮、ユーディの独りよがりの思いでしかなかったのだ。

彼はユーディにとって嬉しい言葉をくれた。でもそれが彼の本心であったとは限らない。

冷静になれば分かることではないか。

どれだけ寄り添おうとしても、どんなに誠意を見せても、報われることもない。

彼と自分は違うのだ。

彼は貴族で、自分は庶民なのだから。

彼は大人の男性で、自分は単なる小娘なのだから。

彼は本物であり、そして自分は全てを欺いている偽物なのだから。

どこか自分を卑下するようなことばかり考えながら、客室の扉を開ける。

「ユーディ先生、どうされたんですか？」

声を掛けてくれたリュナを無視するように、そのままベッドに潜り込む。

「……なんでもないの。だからお願い。今は1人にして」

震える声で訴えるユーディの言葉を聞いてくれたのだろう。そこにいたリュナの気配は、扉が閉まる音と一緒になくなった。

暗く静寂に満たされた部屋の中で、すすり泣く自らの声だけが聞こえてくる。

そんな己の姿を、まるで他人事《ひとごと》のように俯瞰《ふかん》している自分がいる。

自分のことのはずなのに、まるで感情が制御できない。自分が自分ではないみたいだ。

彼が口にした一言で、こんなになってしまったことに戸惑っている。

だから自らを俯瞰している冷静な自分は、努めて念じる。

(何を悲しむことがある。これはある意味、望んだ通りの結果ではないか。黒公爵も他の貴族と変わらなかった。ならば疑うべき相手で、やはり恨むべき相手だった。……それだけのことではないか)

明瞭だ。それが唯一の答えだ。

そう自らを諭そうとするが、なんの効果もない。

変わらず胸が苦しくて、変わらず涙が止まらない。

(この気持ちは……なんなのだろう？)

――胸の内にあるはずのその答えは、黒い感情にぐしゃぐしゃに塗りつぶされ、今のユーディには見えなかった。

翌日。

ベッドからなかなか起き上がれないユーディに、リュナが食事を運んできてくれた。客室で食事をとるのは久しぶりである。

「……ありがとう、リュナ」

正直、食堂に行く気になれなかったのでありがたい。

「ユーディ先生、今日でこのお屋敷に来てから1ヵ月ですね」

「……そうね」

食事を終え、気のない返事をするユーディに、リュナはため息を吐く。

「お忘れですか、黒公爵と交わされた契約期間は今日までですよ」

思わずハッとなる。

この屋敷にやってきて最初に交わした契約書の内容を、今更ながら思い出す。

「食器を食堂に戻したら、僕は自室で荷物をまとめますので。ユーディ先生も最後に、あのお貴族に挨拶しに行ったらどうですか？」

リュナはそう言い残し、客室を出て行った。

ユーディは1人になり、ベッドの傍《そば》にある小物入れを開けて、それを取り出す。

以前、仮面の護衛セントから貰《もら》った紙の花だ。

手にしたそれを少しだけ見つめ、そっと戻す。

そして部屋にある鏡の前で眼鏡を外すと、泣き疲れた顔を覆い隠すように恋文代筆人として化粧をし、久しぶりに杖《つえ》に手を伸ばした。


「失礼します、黒公爵様」

執務室の扉を開けると、彼の驚いた声が聞こえてくる。

「どうした、そんな改まった装いで」

視界がぼやける中、机で仕事をしていた彼の前まで進み出た恋文代筆人ユーディは、杖を片手に口を開く。

「お抱えの恋文代筆人として、黒公爵様と取り交わした契約書にある終了の期日となりましたので、お別れのご挨拶にやってまいりました」

眼鏡を外しているので、相手の顔はよく見えない。

ただ驚いた様子であることだけは、雰囲気で伝わってくる。

彼も忘れていたのだろう、今日がその日だったということを。

今朝リュナに指摘されるまでの自分がそうであったように。

そんなユーディの前で、彼はしばし黙り込み、やがてこう口にした。

「……今まで世話になった。ありがとう」

黒公爵の言葉はそれで終わった。

「それだけで、ございますか？」

「素直に楽しかった」

「他には……」

「……いや、これ以上言葉にするのは野暮になる」

彼は悪人で貴族のはずなのに、命令しようとしない。

分かっている。彼がそんな人間ではないと。

他の貴族が当然そうしているような、自分の意のままに他人を貶《おと》め、強要しようとしない。

ユーディはそういうことを平気でする貴族たちの横暴がずっと嫌いだった。

――そのはずなのに今だけは違った。

「なぜ命令しないのですか!? あなたは貴族なのだから、嫌がる庶民に無理矢理言うことを聞かせればいい！」

ユーディが口にした言葉に、彼は驚いているようだ。

でもそれは、恋文代筆人としての演技を忘れ、感情のまま叫んでしまったユーディ自身も同じだった。

　そしてすぐに思い直す。

(違う、私が言いたいのはそんなことじゃない)

　では、何を思うのか……いや、違う。

　自分は何を求めているのか？

「黒公爵様……私のことは、もう……いりませんか？」

　気が付けば、心の内を口にしていた。

　偽りの自分と本当の自分の区別がつかなくなる。

　眼鏡を外し恋文代筆人として立ち回らなければならないのに、感情を抑えられない本当の自分が邪魔をする。

「まだ恋文文通の途中です。私は……中途半端は嫌です」

　ユーディは、ただ彼の傍にいたかった。無理矢理でもいいから、傍に置いて欲しかったのだ。ただ一緒にいる理由を与えて欲しかった。

「私は！　私は……」

　ここにいたい。あなたと一緒にいたい。

　喉まで出かかった言葉を呑《の》み込む。

それは決して言ってはいけないことだから。

「もう何も言うな」

気が付くと、席から立ち上がった彼がユーディのことを抱きしめていた。

「ユーディ。俺の傍にいてくれ。そして恋文を書くのを手伝ってほしい」

彼は言葉をくれた。ユーディが欲しかった言葉だ。

3

『本当のあの子を見誤ってはダメよ。その時、後悔するのはあの子じゃない。ヴィン、きっとあなた自身よ』

かつて妹のクラウディアが、自分に言った言葉だ。

ユーディを抱きしめながら、ヴィンセントはその通りだと思った。

彼女は貴族を憎んでいる。それでも何かしらの目的のために恋文代筆人となり、社交界に入り込もうとしている。

強い女性なのだろうと、どこかそう思っていた。

でもそうではないのだ。

きっと本当の彼女は強くない。ただ強くあろうとしているだけの女の子なのだ。

「もしここでキミと別れたら、俺はきっと後悔する。それだけはしたくない」

だから彼女の前で、変に気取るべきではないと思った。

「全てを話す。どうか聞いてほしい」

「……教えてください」

来客用のソファーに隣り合うようにして座り、ヴィンセントはユーディに白状する。

「ミレディ夫人に賭けを申し込まれた。恋文文通の相手を見つけられるか否か」

「何を、賭けているのですか？」

「ユーディ、キミをだ」

「私、ですか？」

「ミレディ夫人が言い出したんだ。キミを連れて帰ると」

彼女は驚いた様子だったが、すぐに不機嫌そうになる。

「勝手に賭けられても困ります」

ムッとする彼女の姿に、ヴィンセントは微《かす》かに笑い、頷《うなず》く。

「その通りだ。だから一度は突っぱねようとしたんだが……結局、あの人の口車に乗せられる形でまんまと賭けをすることになってしまった」

「ミレディ夫人らしいですね」

小さなため息と共に肩を竦《すく》めるユーディが、ジッと自分を見てくる。

「黒公爵様は勝ちたかったのですか？」

「負けたくなかった……いや、この言い方はズルいな。キミが自分からいなくなるなら納得するつもりだった。でも誰かに連れていかれるのは嫌だった」

そんなヴィンセントの答えを、彼女はあまりお気に召さなかったようだ。

「ミレディ夫人が、あなた様に『女心が分からない黒い狼《おおかみ》ちゃん』と符号を付けた意味がわかりました」

そしてユーディはポツリと呟《つぶや》く。

「そこは『お前を手放したくない』と言えばいいと思います」

耳まで真っ赤にし、俯《うつむ》く彼女の姿に思わず笑ってしまう。

そして愛おしく思う。

「ああ、そうだな。その通りだ」

彼女がどうしたいかではない。自分がどうしたいか、なのだ。

「ユーディ、俺はこの勝負に勝ちたい。だから、この賭けが終わるまで隣にいてほしい」

賭けのことを打ち明けたヴィンセントは、隣に座るユーディに手を差し出す。

「ミレディ夫人には御恩があります。ですが少々思うところがあるので、一度くらい『ぎゃふん』と言わせたいと思っていました」

ユーディは、ヴィンセントの手を取ってくれた。そして強く握ってくれた。

「決まりだな」

ヴィンセントもまた、か細く繊細な彼女の手を握り返した。

そこで執務室の扉がノックされる。

「お楽しみ中のところ失礼します」

扉を開けて入ってきたのは、執事のレン。

しかもその後ろには、なんとも不機嫌そうにむくれているリュナ少年の姿まである。

そんな2人の姿に、ユーディは慌ててヴィンセントの手を握っていた手を背中に隠す。

「お前たち聞いていたのか？」

良《い》いところを邪魔するなと不機嫌そうに睨《にら》むヴィンセントに、有能なる執事は肩を竦める。

「さてなんのことでしょう」

しらばっくれる執事は、ヴィンセントたちの元にやってくると封筒を差し出してくる。

「アイリスの君からのお手紙が届きました」

思わず立ち上がったヴィンセントは、封筒を受け取ると、すぐに中身を確認する。

基本的にはいつも通りの内容だ。

ただ最後に気になることが書いてあった。

『大変申し訳ありません。諸事情によりあなたとの手紙のやり取りはこれで最後にさせていただきたく』

　難しい表情をするヴィンセントを見て、ユーディが手を差し出す。

「黒公爵様、私にも見せていただいても？」

「もちろんだ」

　そうしてユーディが手紙の文面を目にした途端、彼女の目が見開かれる。

　普通の驚きとはどこか違う。ただ明らかに動揺した様子で、いつになく、それこそ必要以上に、手紙を見つめているように思えた。

　まるで彼女だけにしか見えない何かがあるかのように。

「……黒公爵様、1つお願いがあります」

「？　なんだ？」

「もしミレディ夫人との賭けが終わったら、私からの質問に答えていただきたく」

「それくらいなら、今聞いてくれても構わないが？」

　しかしユーディは首を横に振る。

「とても重たい質問です。ですから黒公爵様とミレディ夫人の勝負に決着が付いてからにしていただきたいのです」

　彼女からただならぬ覚悟を感じた。それこそ彼女との別れを予感させるほどの。

「分かった。ただし交換条件がある」

だからヴィンセントは提案する。

「？　なんでしょうか？」

「今から俺のことをヴィンと呼んでくれ」

一瞬、何を言われたのか分からなかったようだ。

だがすぐに、意味を理解した彼女の顔が真っ赤になる。

「そ、それは、近しい方の呼び方では！」

「お抱えの恋文代筆人であるキミは、すでに俺にとって随分と近しい存在だ。なにせキミには恥ずかしい、い、い、いものを見られているから、な」

執事レンの片眼鏡がキラリと光る。

「それはそれは、私共のいない間に随分と親密になられたようで」

「ご、誤解です！　黒公爵様のそんなモノは見ていません！」

「……ユーディ先生」

「本当よ！　信じて、リュナ！」

ユーディが非難の目でこちらを睨んでくる。

「何を誤解している。俺が言っているのは、自分の考えた恋文を見られる間柄という意味だ」

ヴィンセントの言葉に、どこか納得した男性陣。一方でユーディは「そんなのは別にどうってことはないじゃないですか」と言いたげな面持ちのままなので、ここで断言しておく。

「ユーディ。分かっていないようだからあえて言うが、自分の考えた恋文の内容を知られるというのは、俺にとってはかなり恥ずかしいことなんだ」

正直、心の内側をずっと見られている気分なのである。

「……覚えておきます」

どこか納得いかない表情だが、彼女はとりあえず頷いてみせた。

なので改めて尋ねる。

「さてどうする、ユーディ？　こちらからの条件を呑んで追加の契約取引をするつもりはあるかな？」

ヴィンセントの問いかけに、ユーディは渋々といった様子で頷いた。

「分かりました。ただ呼び方を変えるまで少しお時間をください。すぐには無理です」

「決まりだな」

「……ですが黒公爵様。アイリスの君の居場所についてはどうなさるおつもりですか？　これで最後にしたいということは、もう彼女と手紙をやり取りすることはできません」

「そうだな」

「これまで彼女から送られてきた手紙の中からヒントを探すしかないということになりま

すが。……すみません、私がずっとそういうつもりで恋文文通のお手伝いをしていなかったので、あまりお役に立てる情報が……」

申し訳なさそうなユーディ。

「キミが気にする必要はない。それは賭けのことを伝えようとしなかった俺の責任だ」

「ですが、このままではミレディ夫人との勝負に勝てません」

必死な様子のユーディ。

そんな彼女を目の当たりにし、ヴィンセントは少し揶揄《からか》ってやりたくなった。

「なんだ、ユーディ。そんなに俺と離れるのが嫌なのか？」

「嫌です」

冗談のつもりが、まさかのストレートな答えが返ってきた。

俯き頰を染めるユーディの赤色が伝染したように、ヴィンセントの顔も赤くなる。

「おほん！　おほん、おほん、げほん！」

突然、リュナ少年が連続で咳《せき》をし始め存在をアピール。かなり不機嫌そうに睨んでくる。

そんなユーディに対する密《ひそ》かな想《おも》いを抱く少年の抵抗に、ヴィンセントは「分かった。これ以上は控える」と言わんばかりに両手を挙げた。

「問題ない。実はアイリスの君の居場所については、ほぼほぼ摑《つか》みかけているんだ。……そうだな、レン」

ヴィンセントの言葉に、執事が頭を下げる。

「おそらく次に送られる恋文でチェックメイトかと」

「なら最後にアイリスの君に送る手紙の内容は決まりだな」

状況が分からず戸惑うユーディの前で、ヴィンセントは仕事机のペンを手に取ると、用紙にただ一言だけ内容を書き込み、そのまま『ただのヴィンより』と締《し》め括《くく》る。

「この手紙をアイリスの君に出そうと思うが、何か問題はあるかな、俺の恋文代筆人？」

ヴィンセントが手渡した手紙に目を通し、戸惑ったままのユーディは、コクリと頷く。

「その……内容に問題はございませんが……本当に出来るのですか？」

不安そうな彼女に、ヴィンセントは言ってやる。

「俺を誰だと思っている」

黒公爵として不敵に笑い、控える執事に命令する。

「レン、ジョゼ爺《じい》に花束の準備をさせろ。最後の花は分かっているな？」

片眼鏡の執事は、恭しく礼をする。

「アイリスの花束をご用意させていただきます」

ヴィンセントの書いた恋文文通の返事には、ただ一言、こう書いてあった。

『今からあなたに会いに行きます』

4

翌日、眼鏡姿のユーディはヴィンセントと共に馬車に揺られていた。

これから恋文文通の相手であるアイリスの君に会いに行くためだ。

「そろそろ教えていただいてもよろしいのではないでしょうか？　いったいどうやってアイリスの君の居場所を特定したのですか？」

ずっと気になっていたユーディに、向かいの席に座るヴィンセントがどこか楽しそうに口を開く。

「これでも黒公爵だからな。少々ズルい手を使った」

「ズルい手、ですか？」

「おさらいだ。今回の俺とミレディ夫人との勝負内容は、なんだっただろうか？」

「恋文文通のお相手と手紙を介して交流し、その居場所を探し出し、会いに行くことができれば黒公爵様の勝利、ですよね？」

「そうだ」

「……ですが、これまでアイリスの君が送ってくださった手紙からは、彼女の居場所が特定できるような内容は、特に見当たらなかったと思います」

昨日と同じく落ち込むユーディに、ヴィンセントは不敵に笑う。

「なら問題だ。アイリスの君の居場所を知っているのは誰だろうか？」

ヴィンセントの質問の意図がピンと来ず、ユーディは首を傾《かし》げる。

「えっと……それはアイリスの君ご本人だけ、ということでしょうか？」

だから恋文文通を通して彼女からヒントを手に入れようとしていた。これはそういう賭けなのだから。

「はたしてそうだろうか？」

「？　といいますと？」

「いるじゃないか。毎回、彼女に手紙を届けている人間たちが」

一瞬の間を置いて、ユーディが「あっ」となる。

「俺は彼女の居場所を知りたかった。だが恋文で上手《うま》く聞き出せるとは思っていなかった。だから最初から知っている人間に彼女の元まで案内させるつもりでいた」

「配達人を尾行させたんですか！」

「その通りだ」

なるほど、と思ったユーディだったが、すぐに別の大きな問題があることに気付いた。

「大丈夫だったんですか？　ラルサス郵便社の配達員、それもミレディ夫人が関与しているとなると、間違いなくアイリスの君に手紙を届けていたのは噂の特殊配達員の方たちだったのでは？」

グラダリス王国における恋文文化の発展に大きく貢献しているラルサス郵便社は、王都の中心街に本店を構え、グラダリス王国各地の都市に支店を配置している。

それらが結ぶ郵送ルートを介し、配達員たちは王国各地に手紙を届けている。

そんなラルサス郵便社の名前と実績を大きく広める後押しとなっているのが、貴族たち御用達《ごようたし》の秘密の通し番号を使った配達サービスだ。

暗号的な意味合いを持つ8桁の番号を、ただ封筒に書いて出すだけで、誰とも知らせず誰にも知られず相手に手紙を送ることができる。

配達員たちは、可能な限り迅速に、そして確実に貴族たちの秘密の手紙を届けている。

当然、そんな活躍が悪目立ちしない訳がない。

実際これまでに、そんな貴族たちの手紙を狙った強盗事件が幾度となく起こっている。

だがその結果、強盗たちは全て返り討ちにあっている。

それを可能にしているのが、ラルサス郵便社が誇る特殊配達員たちの存在だ。

通常のルートを使って庶民たちの手紙を運ぶ普通の配達員とは違い、独自の手段で貴族の手紙だけを専門に運ぶ特殊配達員たち。

彼らはただの配達員ではない。

退役軍人、元諜報《ちょうほう》員など、歴戦の強者によって編成されているという。

だからこそ、彼らが運ぶ手紙を狙った襲撃者たちは、誰もがただでは済まされない。彼らに捕まり憲兵に突き出される場合のほうが稀であるとさえ言われている。

これについてラルサス郵便社の経営者は強気な公言をしている。

『私たちは人々の思いがつまった手紙を狙う賊を決して許しはしない。我がラルサス郵便社はいかなる手段をも用い、必ずや非道の償いをさせる。支払わせる代償はその命である』

そして有言実行とばかりに、犯罪者たちに対しては苛烈な正当防衛が続き、今では配達員を狙う命知らずは誰もいなくなった、とまで言われている。

「ああ、まったくもって骨が折れたよ」

そう苦笑しながら、ヴィンセントは幾つか補足してくれた。

まず今回の目的が襲撃ではなく、あくまで尾行であったこと。

ただそれでも、生半可なことではなかったそうだ。

少しでも相手に悟られると、すぐに撒《ま》かれて逃げられてしまう。

それにそもそも、いったい誰が特殊配達員であり、どの配達員がアイリスの君へ手紙を運ぶのかがまず分からなかった。

「そこで目印を付けることにした」

「目印、ですか？」

「手紙ならば、それこそ懐にでもしまえば隠せてしまう。だから隠せない物を一緒に配達させることにした」

ユーディはピンときた。

「花束！」

「その通りだ」

確かに早い段階で、ヴィンセントがアイリスの君に生花を一緒に送りたいと言い出した。

「……もしかして、花の種類が毎回違うのにも理由があったのではないですか？　それこそ花束にしてから咲いていられる時間に細工がしてあったとか？」

「流石《さすが》だ。良《い》いところに気が付く」

送っていたのは毎回、違う花を数輪だけ。

アイリスの君は、そんな生花たちを喜び、感想を書いてくれていた。

ただその中で、ただ一度だけ枯れてしまっていたと報告してくれたことがあった。

なんとなくヴィンセントの狙いが見えてきた。

「こちらが用意した花束を持った者を特殊配達員と断定し、毎回違う花束を手にしたたった一人だけを徹底的にマークした。そうやって少しずつ、アイリスの君が住んでいる地域を絞り込んでいった」

つまりユーディが、ロウワード公爵家でのんびりと過ごしていたこの数週間の間、グラダリス王国の国内では、ラルサス郵便社の特殊配達員たちとマフィアたちによる、壮絶な追いかけっこが繰り広げられていたらしい。

　あまりのスケールの大きさに、想像できない。

「ちなみに……いったいどれくらいの方が動かれていたんですか？」

「マフィアとその関係者、合わせて数百人というところだな」

「す！　えっ！　……じょ、冗談ですよね？」

引きつった表情を浮かべるユーディの前で、黒公爵が楽しそうに肩を竦《すく》める。

「ああ、もちろん冗談だとも」

そう答えたヴィンセントの様子から、ユーディは確信する。

間違いなく、それが事実であったことを。

「とはいえ生花の配達をラルサス郵便社が……いや賭けの相手が認めてくれなければ、こんなに上手くはいかなかっただろう」

「実際、今どこまで分かっていらっしゃるんですか？」

「アイリスの君が住んでいると思《おぼ》しき街は特定できている。だから最後に、彼女がその街のどの家に住んでいるかを確認するために、もう一度だけ手紙を送る必要があったんだ」

　つまり先日の口論の段階で、黒公爵の勝利は目前だったらしい。

だからこそ、こんな疑問が浮かんでしまう。

「でしたら私に意見など求めず、手紙を送ってしまえばよかったのでは?」

「もちろん、それも考えた。だができれば避けたかった」

「なぜですか?」

「これは恋文文通だ。できればそのルールには則《のっと》りたかった。……以前、花街の帰りに伝えただろ? キミと出会ってから少しは恋文というモノに興味が出てきていると」

もちろん覚えている。それはユーディにとっても嬉《うれ》しい言葉だったからだ。

「それだけ、ですか?」

ユーディがさらにそう尋ねたのは、ヴィンセントがまだ何か本音を隠している気がしたからだ。

そんな彼をジッと見つめるユーディの直感は間違っていなかったらしい。

ヴィンセントは口を閉ざし悩む様子を見せたが、やがて観念したように、どこか気恥ずかしそうにそっぽを向いた。

「ただただ嬉しそうに手伝ってくれるキミに悟られたくなかったんだ。できれば賭けのことも最後まで気付かれることなく、綺麗《きれい》に恋文文通を終わらせたかった」

「……」

「だが、相手からの返事が届かず期日が迫ったことで妙な焦りが出た。そうしてキミに気取られ、つい隠そうとして不快な思いをさせてしまった。……俺もまだまだだと深く反省している」

きっとそれは、口にしたくない胸の内だったのだろう。

でも彼は、ユーディに素直に打ち明けてくれた。

「……ズルい言い方です」

そんな風に自分に隠し事をしていた理由を打ち明けられてしまっては、文句も何も言えなくなってしまう。

逆に恥ずかしくなってしまったユーディに気付いたのだろう。

彼がどこか悪戯《いたずら》っぽく笑う。

「それは仕方がない。俺は黒公爵だからな」

「便利な言葉ですね」

「実際、便利に使っている。特に歴代で最も非道な黒公爵という肩書きは効き目がある。それで目につく連中をだいたい黙らせることができるからな」

どうやら悪評を自らばら撒き、上手く利用していることを認めてくれたようだ。

そんな風に自らの手の内を、彼が晒《さら》してくれたからこそ、ユーディは尋ねる。

「黒公爵様。あなたは何と、戦われているのですか？」

その質問に、ヴィンセントは驚き、すぐに真面目な表情になる。

「なぜそう思った？　……いや、もうはっきりさせておきたい。ユーディ、キミは最初の依頼で俺が知りたかったことを助言した。キミはなぜあんなことができた？」

「知りたいですか？」

「知りたい」

「なら、知ってどうされますか？」

その問いかけは、彼にとって意外な質問だったようだ。

「……いや、気になっているだけで、特にどうもしないとは思うが？」

どうやらまだ、彼にとっては本当に興味本位であるらしい。

「ではまだ秘密です」

だからユーディはそう答えた。

「随分とケチだな」

「もう少しだけです。本当にあともうちょっとだけ、秘密にさせてください」

そうお願いするのは、予感があったからだ。


目的の街は、王都から馬車で1日ほどの距離にあるマルウェンという街だった。

朝早く王都を出立した馬車は、途中休憩を挟みながらも、夕刻には到着した。

街に入ってすぐのところで馬車は停車する。

すると、そんなユーディたちを乗せた馬車に近付いてくる者がいた。

帽子を目深に被《かぶ》った男は、御者に挨拶すると、そのままユーディたちのいる馬車の中へと乗り込んでくる。

「失礼致します、黒公爵。それと恋文代筆人のお嬢さん」

食堂で見た覚えがある顔だ。おそらくマフィアの人間だろう。

「首尾は？」

「特定できました。街の西外れにある修道院です」

「わかった。これまでご苦労だった」

「まったくです。若の命令じゃなきゃ、あんな追いかけっこは二度とごめんです」

そんな軽口に、ヴィンセントは馬車の隅にあった箱から袋を取り出し、男に放り投げる。

じゃらりと中身がたっぷり詰まった音がした。

「俺の奢《おご》りだ。今夜は皆で楽しんでくれ」

「ではお言葉に甘えて」

男は嬉しそうに帽子を取って会釈すると、馬車を降りる。

すると馬車は、再びゆっくりと走り出した。

「このまま向かわれるのですか？」

「時間が惜しいからな」

そうして夕日が沈みかけたころ、馬車は目的の修道院に到着する。

ユーディはヴィンセントの手を借りて馬車を降り、２人はそのまま礼拝堂の扉を開けて中へと入った。

「遅くに申し訳ない。どなたか、いらっしゃるだろうか」

声を張るヴィンセントの言葉に、奥の扉が開き、１人の若い修道女がやってきた。

「このような時間に何の御用でしょうか？」

「文通相手を探している」

すると修道女が驚いた様子で、ヴィンセントの顔をマジマジと見る。

「良い男ですね」

「えっ」

「いえ、今のは単なる一般論であって、決して本音ではございません。なにせ私は神に身を捧《ささ》げるつもりの女ですから」

なんだか妙な修道女は、ヴィンセントを、特にその整った顔立ちをジッと見ている。

「まさか毎回素敵なお花を送ってくださるのが、あなたのような美形の方だったとは。やはりこの世に神はいらっしゃるようですね」

不敬過ぎる発言が止まらない修道女に対して、ヴィンセントが尋ねる。

「あなたは？」

「マリアンヌと申します。ただのヴィンさんへ手紙を書かせていただいておりました」

そう名乗り出たマリアンヌの言葉に勝利を確信したのだろう。隣に立つヴィンセントが嬉しそうに笑う。

「ではあなたが、アイリスの君なのですね」

「もしあなたが望まれるのであれば、私は今すぐにでも神を裏切っても良いと思っております」

「……いや、そんなことは聞いていないが」

「それでは、今すぐあちらの懺悔《ざんげ》室へ。私たちの未来について2人きりでゆっくりお話しいたしましょう」

積極的というか、ちょっと怖い修道女マリアンヌは、ヴィンセントの腕に抱き付き、自分の身体《からだ》を押し付けてくる。

「ま、待ってくれ」

流石に身の危険を感じたらしいヴィンセント。だがマリアンヌがこう口にする。

「賭けに勝ちたくはないのですか？」

そこでヴィンセントの抵抗が止《や》んだ。

「……分かった。話を聞かせてもらおう」

そう腕を引かれるままにヴィンセントは歩き出そうとした。

だがその足はピタリと止まる。

反対の手をユーディがしっかりと摑《つか》んだからだ。

「あの！　よろしいですか、マリアンヌさん！」

とにかく大きな声を出したユーディに、修道女マリアンヌはきょとんとなる。

「あら、よくよく見たらお連れの方がいらしたんですね。まったく気が付きませんでした」

絶対嘘《うそ》だろうと思いつつ、とにかくマリアンヌをヴィンセントから引き剝がし、そして睨《にら》み付《つ》ける。

「まあ、怖いお嬢さんだこと」

そんな、どこか余裕綽々《よゆうしゃくしゃく》な修道女に、ユーディは言ってのける。

「マリアンヌさん。あなたが手紙を代筆されていたのは知っています。ですからヴィン様と本当に文通されていた方のところに案内してください」

ユーディが口にした言葉に、ヴィンセントが目を見開いた。

――ずっと分からなかった。

なぜアイリスの君の手紙から、ユーディは何の感情も読み取れなかったのか？

それが恋文代筆人を通して書かれた手紙だったからだと気付いたのは、アイリスの君の最後の手紙を目にした時だった。

これまでずっと、感情なく淡々と代筆していた修道女マリアンヌが初めて感情を露わにしたからだ。

代筆する相手の容体の急変に、彼女の気持ちは大きく揺れ動いたのである。

そんなユーディの言葉を聞いた途端、マリアンヌの表情から感情がスッと消えた。

「お嬢さん、名前を聞いてもいいかしら？」

「ユーディ。ヴィン様の恋文代筆人です」

そしてマリアンヌはため息を零《こぼ》す。

「言ってしまいましたね、黒公爵の前で」

明らかに雰囲気が変わった様子に、ヴィンセントが自分の背中にユーディを隠す。

「何者だ？」

「ひと月前からこちらでご厄介になっている、修道女見習いの恋文代筆人です。……では参りましょうか」

「どこへ？」

「私の雇い主の元にご案内いたします」

そう言ってマリアンヌは修道院の奥の扉を開くと、蠟燭《ろうそく》の明かりを手に、暗い石造りの廊下を進み始める。

「ヴィン様。お願いがあるのですが」

「なんだ？」

「手を、握ってもらえませんか？」

突然の申し出にヴィンセントは驚いた様子だったが、すぐにユーディの異変に気付いたらしい。

ユーディは震えていた。

怖いのだ。今から自分が目の当たりにするであろう光景が。

「分かった」

彼はユーディの手をただ握ってくれた。そしてどこか嬉《うれ》しそうに笑った。

「ようやく呼んでくれたな」

「……勢いです」

「それでも嬉しい」

廊下を進み階段を上がると、２階の隅にある扉の前でマリアンヌは振り向いた。

「こちらです。さあどうぞ」

扉を開き、道を譲るマリアンヌの前を通るようにして、２人は部屋の中に入った。

そして部屋に入った瞬間、２人は驚いた。

「どうやら間に合ったみたいね」

椅子に座るミレディ夫人がいたからだ。

そんなミレディ夫人は、アイリスの花を生けた花瓶が枕元に置かれたベッドで横になる女性に、そっと声を掛ける。

「フィル、喜びなさい。あなたの文通相手が会いにきてくれたわよ」

少し年配の女性、彼女こそがアイリスの君で間違いないだろう。

そんな彼女には大きな特徴があった。

顔にヒドイ傷跡があるのだ。包帯が巻かれた両目は、もうずいぶんと前から見えていないことを感じさせた。

ミレディ夫人は席を立つとヴィンセントに小声で告げる。

「最期を看取《みと》ってあげて」

そのままユーディには何も言わず、部屋を出ていくミレディ夫人の言葉で察する。

彼女はもう長くないのだと。

ヴィンセントはミレディ夫人が座っていた椅子に腰かけると、ベッドで横たわる彼女に声を掛ける。

「初めまして、アイリスの君」

「……ヴィンさんですか？」

か細い声で、ベッドの女性が尋ねてくる。

「はい。あなたに会いに来ました」

横になったままの彼女は嬉しそうに微《かす》かに笑った。

「素敵な声。手紙と同じ、心優しい方なのですね」

「さあ、どうなんでしょう」

曖昧な返事をするヴィンセントに、フィルが言う。

「分かります。長いこと、暗闇の中にいると、声で伝わるモノがあるのです」

フィルが尋ねてくる。

「ミレディ様は？」

「席を外されています」

「……気を使っていただいたのですね」

そしてフィルは、ヴィンセントにこう言った。

「ヴィンさん。これも何かのご縁です。最後に私の話を聞いていただけないでしょうか？」

「どのようなお話でしょう？」

「かつて私がお仕えしていたご家族の話です」

＊＊＊

私はかつて、地方にある商家で住み込みの下働きをしておりました。

田舎町にある少し大きな雑貨屋です。加えて、ちょっとした困り事の手伝いをする何でも屋もされておりました。

商売っ気のある旦那様は大工仕事も得意でした。

3人のお子様の面倒を見る奥様は、手先が器用で裁縫を得意とされていました。

そして奥様のお母さまである大奥様は、代筆業をされておりました。

とても文才がある方で、貴族にも名を知られ、だからこそ若い頃に、とある貴族に召し上げられ左足を悪くされておりました。

15年前のことです。

さる高貴な方が大奥様のことを聞きつけたらしく、仕事を頼みたいと使者の方がやってきました。

もちろん断れるような類いのものではありません。それは強制的な命令です。

家族の皆様は悲しまれました。特に大奥様に懐かれていた末っ子のお嬢様が大泣きをしてしまって。きっと予感があったのかもしれません。

私たちが大奥様を見たのは、それが最後となりました。

風の噂《うわさ》に聞こえてきたのは、ほどなくしてからでした。

国王陛下の急な訃報。そして新たにその座についたのは、先日まで敵対していた隣国の姫君と結婚されたという第三王子。

どこかただならぬ出来事に、国民の誰もが不安を抱いておりました。

それを払しょくしたのが、恋文の逸話でした。

新たな国王陛下が、心奪われた隣国の姫君に恋文を送り、その思いが通じたという馴初《なれそ》めの物語。加えて、陛下に助力し7通の恋文をしたためた、後に始まりの恋文代筆人と呼ばれる方がいらっしゃったと。

ご家族の皆様、そして私も思いました。

それは大奥様のことではないかと。

もしそうなら、凄《すご》いことではないかと喜んだのも覚えております。

——ですが、そんな浮かれ気分もすぐに消えました。

王妃殿下の侍女長を名乗る方が訪ねてこられたのです。それも夜も遅い時間、人の目をはばかるように。

そして1通の手紙と共に、こうおっしゃいました。

大奥様はすでに亡くなられている。そして自分たちが始まりの恋文代筆人の身内であることを決して口外してはならないと。

それは明らかな警告、そして口止めでした。

来訪者がお帰りになった後、大奥様からの別れの手紙に目を通された旦那様は、家族と住み込みの私たちを集め、亡くなった大奥様について今後一切口にしてはならないと厳命されました。

誰もが何かがあったのだろうと思い、その言葉に従いました。

そんなご家族の心中をよそに、多くの人々は恋文の逸話を敬愛しました。

逸話を模範とするように、皆が恋文に興味を持ち始め、国王陛下に助力した始まりの恋文代筆人の真似事《まねごと》をする者まで現れました。

今では恋文文化と呼ばれるものの走りです。

恋文代筆人は脚光を浴びてもてはやされるようになり、かつてあった貴族たちの代筆人への非道は鳴りをひそめていきました。

間違いなくそれは、逸話と共に始まりの恋文代筆人という存在が知れ渡ったからに相違ありません。

そんな華々しい恋文文化を後押ししたのは、やはり王妃殿下の人気でした。

先日まで敵対していた国の姫君だと後ろ指をさす者が多い中、貴族と庶民という身分差を気にせず誰とでも分け隔てなく接し、精力的に活動する彼女の姿は誰の目にも眩《まぶ》しく映りました。

いつか王妃殿下のようになってみたい、いつか王妃殿下のような恋をしてみたい。

若い娘たちはこぞって憧れを抱き、それまで陰口を叩《たた》いていた者たちも「彼女の素晴らしさを見抜き娶《めと》った今の国王には先見の明があった」と手のひらを返して褒めるほどでした。

そんな周囲の空気に、ご家族も下働きの私たちも、次第に大奥様のことを忘れていきました。

ただ一番下のお嬢様だけは、よく分かっておられないご様子でした。

大奥様の部屋にあった恋文に関する本を読み漁《あさ》り、大奥様が残した手記や手紙を眺めてはいつも聞いてこられるのです。「おばあ様はいつ帰ってくるの？」と。

そのような日々も、急な終わりを迎えます。

――8年前、王妃殿下が離宮の大火で亡くなられたのです。

それから数日後のことでした。

月のない夜、雑貨屋に賊が押し入ったのは。

そこまでゆっくりと語っていたフィルの声が、しだいに震え始める。

「彼らは金目の物に目もくれませんでした。ただ、そこで暮らす者たちを次々と手に掛け、そして手当たり次第に火をつけていきました」

光を失った目から涙が溢《あふ》れてきた。

「旦那様も奥様も、そのお子様たちも次々と血だまりに倒れていきました。……私は一番下のお嬢様の手を引き、夜の森を逃げました。追手がたくさん追いかけてきました。そして私の肩に追手の手が掛かった時、お嬢様の背を押し『逃げて』と叫びました。必死で逃げるお嬢様の後ろ姿、それが私の最後に見た光景です」

一気に喋《しゃべ》り終わり、少し息を整えたフィルは力なく続ける。

「意識を取り戻した時、私は光を失い、こちらの修道院に保護されていました。それ以来、誰にも悟られることなく、静かに暮らしてまいりました」

そんな彼女は、ゆっくりとその手を伸ばす。

「ああ、神様お願いです。お嬢様だけは、お嬢様だけはご無事でありますように」

まるで縋《すが》るように、死を前に深い後悔に苛《さいな》まれるように、ベッドに横たわるフィルが天井に向かって手を伸ばす。まるで救いを求めるかのように。

――その手を横から、そっと握る者がいた。

ユーディである。彼女もまた、眼鏡の奥の瞳から大粒の涙をあふれさせていた。

でもユーディは何も声を発さない。

「……ヴィンさん、この方は？」

「私の恋文代筆人です。あなたへ宛てた手紙を私の代わりに書いてくれたのは彼女です」

「どのような、お方でしょうか？」

「可愛《かわい》らしい人です。目が悪く眼鏡をかけている。よく表情がコロコロ変わる姿は、ただ見ていて愛おしい、そんな娘です」

フィルは反対の手を伸ばし、そっとユーディの顔に触れる。

涙が伝う頬に触れ、そして彼女が掛ける眼鏡に軽く触れた時、何かに気付いたのだろう。感極まった様子で、その唇が微かに震えている。

そして溢れそうな感情を押し殺すように、フィルはこう口にした。

「私は……この方がどなたか存じ上げません。知らぬお方でございます。逃げたお嬢様はすでにお亡くなりになり、始まりの恋文代筆人と呼ばれる大奥様の正体を知るものはもはや私で最後となります」

まるで誓いの宣言のようだった。

フィルはそのまま自分の手をギュッと握るユーディの手に、その手を重ねる。

「恋文代筆人のお嬢さん。私のために素敵な手紙をありがとうございます。どうか幸せに生きてください」

それがフィルという女性の最後の言葉となった。

＊＊＊

ヴィンセントが礼拝堂に戻ると、ミレディ夫人はそこにいた。

「ユーディは？」

「フィルさんの元に残っています。他の修道女の方も最後のお別れをされている」

ミレディ夫人は「そう」と呟《つぶや》き、礼拝堂の天井を見上げる。

「ここはね、亡き王妃殿下が後援されていた修道院で、今は私がその後を引き継いでいるの」

質素だが手入れが良く行き届いた、そんな建物だ。

「この場所のように、誰かを匿《かくま》う施設は幾つかある。ユーディも別の場所でずっと保護していたの」

ご神像を見上げながらミレディ夫人が続ける。

「家族を失ったばかりのユーディに、ヒドイ有り様で生き残ったフィルのことを知らせるべきではないと、当時の私は判断した。そしてそのまま互いが生きていることを知らない方がいいとも思った。全てを忘れ生きていくためにね」

だがミレディ夫人は苦笑する。

「……でもね、ユーディはそれをよしとしなかったの。私の意見に反対して、恋文代筆人になると言い出した。『真実が知りたい』と私に向かって申し出た」

「止めなかったのですか？」

「止める理由がないもの。私はただ、亡き王妃殿下の遺志を継いで彼女を匿っていただけ。あの子が決めたことに対してとやかく言うつもりはない」

ミレディ夫人は、どこか非情にも聞こえる言葉を口にした。

でも、こうも続けた。

「少し前にね、フィルの危篤を知らせる手紙が届いたわ。それを読んで悩んでしまったの、本当にユーディに知らせなくていいのかと」

その時のことを思い出したのか、ミレディ夫人は自虐的に笑う。

「理屈では分かっているつもりよ、『それでも会わせるべきではない』とね。……でも心では割り切れなかった。だってそうでしょ。たった1人生き残っている家族とも呼べる女性とお別れできないことほど悲しいことはないじゃない」

「そうですね」

ヴィンセントが、ただそう同意したのは、ミレディ夫人の過去を知っているからだ。

8年前、養生中だった彼女は、離宮の大火で敬愛する主と心を通わせた夫の両方を失っている。

「だからね、賭けてみることにしたの。黒公爵、あなたに」

ミレディ夫人の視線を受け、ヴィンセントは腑《ふ》に落ちた面持ちになる。

「なるほど。それが急に賭けを言い出した、あなたの本心だったというわけですか」

そんなヴィンセントに、ミレディ夫人は尋ねてくる。

「……ねぇ、黒公爵。あの2人は最後に言葉を交わしたかしら？」

「言葉は交わしませんでした。でもちゃんと伝わったと思いますよ」

それで全てを察したらしく、ミレディ夫人はヴィンセントに背を向けて扇で口元を隠す。

「本当に素直な子たち。最後くらい私の言いつけを破ったところで罰は当たらないのに」

微《かす》かに肩を震わせるミレディ夫人は、やがて目元を軽く拭い、扇を閉じて振り返る。

「賭けはあなたの勝ちね」

ミレディ夫人は、近くにあったバッグから古びた封筒——以前チラつかせた4通目を取り出した。

「それが本物なのですね？」

「さあどうかしら？」

とぼけてみせるミレディ夫人に、ヴィンセントは顔をしかめながらも、それを受け取ろうと手を伸ばす。

そんなヴィンセントに彼女はこう言った。

「それがあなたの企みの弱点であることは、もう理解しているわね」

手紙を摑《つか》もうとしたヴィンセントの手が止まる。

（やはり、ミレディ夫人は勘付いている）

そんなヴィンセントの手に、ミレディ夫人は古びた封筒を押し付ける。

「でもユーディなら本物か偽物かを見抜ける。これがどういうことだか分かるかしら？」

ミレディ夫人が口元を扇で隠す。

「黒公爵。あの子はね、全ての元凶に立ち向かうあなたに足りない最後のピースなの」

――その一言で、これまでの出来事がどこか違って見えてくる。

ヴィンセントの申し出にミレディ夫人が快く応じ、恋文代筆人であるユーディがロウワード公爵家の屋敷《やしき》に来ることになった。

だがもし、そこに夫人の思惑があったとしたら？

そう考えを巡らせるヴィンセントに、ミレディ夫人が言う。

「黒公爵。私は亡き王妃殿下との誓いを破ってユーディをこのままあなたに預けてもいいと思っている。ただその代わりお願いがある」

「なんですか？」

「あの子を、ユーディを幸せにしてあげてほしいの」

――その後2人は、もう少しだけ言葉を交わした。

そしてミレディ夫人は、用事は終わったとばかりに先に修道院を後にした。

5

フィルは密《ひそ》かに埋葬された。

それを見届けたユーディは、ヴィンセントと共にロウワード公爵家の屋敷に戻ってきた。

黒公爵の執務室。

今、ここにはユーディとヴィンセントしかいない。

そして2人の目の前にある机の上には、古びた封筒が2つ置かれている。

「これが亡き王妃殿下の恋文ですか」

「そうだ。どちらかが始まりの恋文代筆人、つまりキミのお祖母様が書かれたモノだ」

手紙や封筒の紙質はほぼ変わらず、どちらも15年前のものと言えば当てはまる。

また書かれている手紙の内容についてもほぼ同じ、ただ4通目に関しては内容が一部公開されているためそれだけで判断することもできない。

そんな2つある《4通目》を前にして、ヴィンセントが尋ねてくる。

「ユーディ、本当にどちらが本物か分かるのか？」

「おそらく感じられると思います」

ユーディは、先ほどヴィンセントに自分が持つ特別な力があることを語って聞かせた。

信じてもらえないかもと思っていたが、思いのほかあっさりと受け入れられたのは、黒公爵からの最初の依頼、その終わり際にしてしまった助言があったからだという。

「ようやく合点が行った」

ただそう言われただけだった。

「黒公爵様は、気味が悪いと思われないのですか？」

「別になんとも思わない。そういう力を持っているだけ。それでユーディの何かが変わるわけではない」

優しげな瞳で見つめられ、そう言われるだけで落ち着かない気持ちになってしまう。

そんなさざめくような心を落ち着かせ、ユーディは改めて彼に尋ねる。

「4通目の真贋《しんがん》を確認する前に、先日のお願いをきいてください」

「キミのどんな質問にも答える、だったな」

頷《うなず》くヴィンセントに促され、ユーディは意を決して口にする。

「黒公爵様。8年前、私の家族を襲った事件に、マフィアは……ロウワード公爵家は関わっていますか？」

「断言はできない。俺が黒公爵になる前、それこそ8年も前のことだ。調べさせてはみる。だがこれだけは信じてほしい、俺はその事件に関与していない」

スッと胸が軽くなった気がした。

「それが聞けただけで満足です」

「ユーディ。仇敵《きゅうてき》を知ってどうする？　復讐《ふくしゅう》するつもりか？」

彼の問いに、ユーディは曖昧に首を振る。

「分かりません。……でも知らなければならないと思っています。私の両親と兄と姉は、なぜ殺されなければならなかったのか。始まりの恋文代筆人の血縁者というだけで」

その原因が隠されているかもしれない逸話の恋文に目を落とす。

「私は全てを奪われた恨みを忘れないために恋文代筆人になりました。事実は隠蔽され、自分の家族に何があったのかを知るのは、もう私だけだったから。だからこそ何かしなければならない、と思ったんです」

そう覚悟を持ったつもりだった。

「でも本当は怖かったのかもしれません。全てを忘れることで本当に自分が１人になって、しまうことが」

温かく何より大切だった家族がいなくなり、ユーディは１人ぼっちになってしまった。

その孤独にも耐えられないのに、全てを忘れて生きなければならないと言われた。

家族を失い、家を焼かれ、その上思い出すらも忘れたら、本当に何もなくなってしまう。

それが怖かったのだ。ただただ怖かったのだ。

「だから私は恋文代筆人になりました。忘れたくなくて……いえ忘れなくていいように」

そう寂しそうに笑う。

「社交界での立ち振る舞いはミレディ夫人に教えていただきました。足の演技も始まりの恋文代筆人である祖母を真似《まね》たもの。あえてそうすることで、興味を引かれる貴族がいると考えたからです」

そうやって偽りだらけに作り上げたのが、眼鏡を外した恋文代筆人の自分。

「ですが、きっと向いていなかったのでしょうね。真実は知りたいと思うくせに、その先のことが上手《うま》く考えられないんです。……もし犯人を見つけたらどうしよう？　恨み言を言って手にした刃物で相手を苦しめればいいのか？　……そんな自問が浮かぶばかりで、いざそうなった時の自分の姿が想像できないんです」

少し前のことを思い出す。

花街で傍若無人な貴族に刃を振《ふ》り翳《かざ》され、死を予感した時、ユーディの頭を過《よぎ》ったのは、終われるという安堵《あんど》感だった。

何に安堵したのだろうか？　何を終われると思ったのだろうか？

無理をしなくていいことに？　もう誰かを恨まなくてよくなるから？

——死の危険を前に思ってしまったこと。それこそ飾らぬ自分の本心だったのかもしれない。

「なら、こうしよう」

そんなユーディの話を聞いていたヴィンセントが、そう切り出した。

「ユーディ、キミは黒公爵の恋文代筆人である間、ただただ恋文を通して誰かを笑顔にすることに努める」

そしてヴィンセントはこう続けた。

「その代わりに、キミの過去は全て俺が背負う」

彼の言葉に、ユーディは目を見開く。

「8年前の真相とキミの家族を手にかけた犯人たちは、俺が必ず見つけ出す。そしてその処遇も落とし前も、全て俺がキミの代わりにつける」

彼はユーディに告げる。

「それが俺とキミの新しい契約だ」

提示された契約内容に、ユーディはただただ戸惑う。

「……そんなことをして、いったいあなた様にどのような得があるというのですか？」

「素敵な恋文代筆人が隣にいてくれる。俺にとってはそれで十分だ」

彼の言葉に、不思議と目頭が熱くなる。

だから溢《あふ》れそうな涙を拭い、強気に返す。

「ダメですよ。そこは貴族らしく、悪名高い黒公爵らしく、言っていただかないと」

そうしてユーディは黒公爵が言わなければならない言葉を代弁する。

「亡き王妃殿下が遺《のこ》した7通の恋文。その真贋を見抜ける恋文代筆人が欲しいから、と」

「では次からはそう言うようにする」

そして彼は手を差し出してくる。

「ただ、今回の契約は内容が内容だ。契約書を作るのは勘弁してほしい」

「構いません。黒公爵様はたとえ口約束であっても守ってくださる方であると、私はもう知っていますから」

ユーディはただ、彼が差し出してくれた、その手を取る。

「これからもよろしく頼む、ユーディ」

「はい、これからもよろしくお願い致します、ヴィン様」

——こうして恋文代筆人ユーディは、正式に黒公爵の恋文代筆人となった。

「では、私も少しはお役に立てるところをお見せしなければいけませんね」

ユーディは眼鏡を外すと、机に並ぶ、2つの《4通目》に手を伸ばした。

第6話　逸話への謁見

1

その日、グラダリス王国の王城では、国王の誕生日を祝う催しが開かれていた。

亡き王妃殿下との間に生まれた2人の王子、王国の内政に携わる諸侯たち、その他多くの貴族たちが王城に集まった。

豪奢《ごうしゃ》な会場には、高価な酒と贅《ぜい》を極めた食事が並び、貴族たちが楽しそうに談笑している。

「国王陛下の御成りにございます！」

貴族たちはピタリと口を閉じ、会場の入り口に注目する。

そうして姿を現したのは、煌《きら》びやかな装いをし、頭上に王冠を被《かぶ》った男。

誰もが頭を下げる中、男は悠然と玉座に腰を下ろした。

ガーランド王。

グラダリス王国の王位を受け継ぐ現国王である。

この男が主役として登場する恋文の逸話は、15年前に実際にあった出来事であり、誰もが知るところである。

王子だったガーランドと隣国の王女の婚姻の直後、前国王は病に倒れ逝去。

戦争を推し進めていた前国王に代わり王位に就いたガーランド王は、隣国と平和条約を結び戦争を回避した。

しかし、だからといってこの男が賢王であるとは決して言えない。

国の為《ため》に大きく貢献したとは言えず、庶民に対して横暴に振る舞う貴族たちを傍観し、好き勝手にさせているだけだからだ。

特に昨今問題になっているのは、隣国シェラザードの政治的な介入である。

8年前に王妃を亡くして以降、ガーランド王は隣国からの使者を城に置くようになり、事あるごとに隣国に有利な政策を打ち出している。

それに対して異を唱え、諫《いさ》めようとする良識ある貴族たちもいる。

だが不正に味を占めた主流派貴族たちに邪魔され、その声が国王まで届くことはなく、なまじ届いたとしても国王の関心は薄い。

自らの地位を誇示することにだけ執着する王の姿は、王妃殿下が亡くなった8年前から顕著であり、もはや隠そうともしていない。

「ガーランド国王陛下、おめでとうございます」

そんな国王に祝いの言葉を述べるため、貴族たちは列を成す。

中には贈り物を持参する者もおり、それらの品々を、ガーランド王は自らが座る玉座の隣に用意させた棚に次々と陳列させていく。

その度に会場に集まる多くの貴族が驚きの声を上げ、拍手を送り、酒を呷《あお》る。

みっともない。

口にこそ出さないが、目の前の光景に対して顔をしかめる者たちも少なくはなかった。

「次の者、前へ」

そんな中、王の前に進み出てきた人物に、その場にいる誰もが驚いた。

「国王陛下。本日はおめでとうございます」

恭しく礼を示す人物が、黒公爵の渾名《あだな》で呼ばれる若きロウワード公爵家当主ヴィンセントだったからだ。

これにはガーランド王も顔をしかめる。

「まさか王族に一切靡《なび》かぬロウワード家の当主から祝いを受けるとはな」

「陛下が即位されてから一度も御前に顔を出さなかった前当主と、私は違いますので」

「新たな黒公爵は、余に忠義を示すと？」

「その証拠に本日は素晴らしい贈り物をご用意いたしました」

黒公爵が軽く手を挙げ合図を送ると、控えていた片眼鏡の執事が2つの鞄《かばん》ケースを持って傍《そば》に進み出る。

執事からその片方、白薔薇《ばら》が描かれた鞄ケースを受け取った黒公爵は、それを開けてみせる。

中には1通の古びた封筒が入っていた。

「それがなんだというのだ？」

「見覚えがございませんか？　15年前、あなた様が亡き王妃殿下に送られた恋文にございます」

黒公爵が口にした言葉に、周囲がざわつき、国王が目を見開く。

「……まさか」

「この国の誰もが知る恋文の逸話に登場する、7通の恋文。これはその中の1通」

会場が一気に騒がしくなる。

誰もが信じられないという表情で注視する中、黒公爵は声を張る。

「この場にいらっしゃる皆様が動揺されるのも当然。8年前、離宮で起こった大火にて、我らが敬愛した王妃殿下は亡くなられ、王妃殿下が大事にされていた7通の恋文もまた、灰となって消えたとされていました」

そこで言葉を区切り、こう付け足す。

「ですが実際には燃えておらず、人知れず闇に流れていたのです」

黒公爵は会場の貴族たちに向けて、ケースの中身をゆっくりと示していく。

誰もがケースに入った古びた封筒を凝視する。

もし黒公爵の言葉が本当であれば、それは大変な発見だからだ。

「ただ少々困ったことが1つ」

黒公爵の嘆きのような言葉に合わせ、執事がもう1つの赤薔薇の鞄ケースを開けた。

「私が闇より拾い上げた《4通目》の恋文は、2つ発見されたのでございます」

その言葉通り、執事の鞄の中にもまた、古びた封筒が入っていた。

国王が訝しむ。

「つまり、どちらかが偽物という訳か？」

「流石《さすが》は聡明《そうめい》なる国王陛下、まさにその通りでございます。そして残念ながら私の目ではその真贋《しんがん》を見抜くことができませんでした」

自らの至らなさを嘆くよう項垂《うなだ》れてみせる黒公爵。その上で、改めて玉座に座る王に向かって姿勢を正す。

「そこで陛下にお願いがございます。かつて亡き王妃殿下に恋文を送られたあなた様に、どちらの恋文が本物であるか、その真贋を見分けていただきたいのです」

黒公爵の提案に、貴族たちの中から「おお」という歓声に近い声が上がる。

亡き王妃殿下のファンは未《いま》だに多い。その王妃殿下最大の遺品となる7通の恋文のうち1通が発見されただけでも驚きであるのに、その真贋の判定がたった今、自分たちの目の前で、しかも送った本人によって行われようとしている。

これほどの余興はない。

「もはや逸話の中だけの存在となった亡き王妃殿下の至宝。どうかそれを、陛下ご自身の手で、再び我らの前に蘇《よみがえ》らせていただけないでしょうか？」

黒公爵が口にした願いにつられるように、期待に満ちた空気は会場中に充満し、熱気すら帯び始める。

皆が興奮した面持ちで、玉座に座する国王を見つめる。

その視線を浴び、ガーランド王は静かに頷《うなず》いた。

「見せてみよ」

国王の言葉に、誰もが歓声を上げ、拍手が鳴り響く。

黒公爵は片眼鏡の執事を引き連れ、玉座への階段を上がると、その御前にて膝を折る。

そして2人は、それぞれが手にした鞄ケースを国王の前で捧《ささ》げるように開いてみせた。

まず国王は、黒公爵が持つ白薔薇のケースにある古びた封筒を手に取り、中から取り出した手紙の内容を確認する。

貴族たちが固唾を呑んで見守る中、一読を終えたそれを元のケースに戻した。

次いで、頭を下げたままの執事が掲げる赤薔薇のケースから取り出した封筒を手に取り、中にあった手紙を確認する。

そして国王は、静かに頷いた。

「間違いない。こちらが本物の《4通目》である」

国王の宣言を聞いた途端、誰もが歓喜の声を上げる。

今やこのグラダリス王国で花開く恋文文化。その起源である逸話に登場し、象徴とも呼ぶべき恋文の復活。

誰もが興奮し、拍手喝采が鳴り響く。

文字通りそれは、歴史的瞬間であった。

その発見者たる黒公爵は改めて国王に上奏する。

「それでは取り戻しました《4通目》を、改めて国王陛下に献上させていただきます」

最上の贈り物に、拍手は鳴り止《や》まない。

「ごくろうであった、黒公爵。……ならば、そちらの偽物に用はない。今すぐ処分させよう」

国王が傍にいた兵士に合図を送ろうとした瞬間だった。

「いえ、その必要はございません」

黒公爵はその手に持つ、つい先ほど王の手により戻された偽物が入った白薔薇のケースの口を閉じる。

「こちらの偽物は我がロウワード公爵家が管理し、残り6通を探す足がかりにしたく思います」

そのまま王の返事を待たずに立ち上がった黒公爵は、その場にいた貴族たちの前で宣言する。

「当代の黒公爵ヴィンセント・オウル・ロウワードはここに誓おう。必ずや亡き王妃殿下の宝であった7通全ての恋文を集め、ガーランド国王陛下の御前に並べてみせると」

堂々としたその立ち振る舞いと忠義心溢《あふ》れる言葉に、会場の貴族たちから再び歓声と拍手が上がる。

執事と共に王の前から下がった黒公爵の周囲には、すぐに人だかりが出来た。

――だからこそ、気づかない者も多かっただろう。

自らが本物と明言した4通目を手にした国王が、苦虫を噛《か》み潰したような表情で黒公爵を睨《にら》んでいたことを。

2

「……本当に偽物を選んだ」

眼鏡の奥で瞳を見開くユーディの口から、思わずそんな言葉が零《こぼ》れた。

会場の隅に立つミレディ夫人の隣に控えていたドレス姿のユーディは、たった今、目の前で起こった出来事を、信じられない様子で見ていた。

あの日、ヴィンセントと2人きりの執務室で、ユーディは2つある4通目の真贋を確認した。

ユーディだけが持つ特別な力により、その片方が本物であることはすぐに分かった。

ちなみに本物の4通目は、ヴィンセントがコルトン子爵から手に入れていた方だった。

つまり今回ミレディ夫人は、偽物の4通目を片手に誰もが恐れる黒公爵に対して賭けを吹っ掛けたということになる。

流石はミレディ夫人と言う他ない。

そうして真贋がはっきりした2つの4通目は、白薔薇のケースと赤薔薇のケースにそれぞれ収められ、この場に持ち込まれた。

本物は、黒公爵ヴィンセントが持っていた白薔薇のケースに入っていた。

──にも拘《かか》わらず、なぜかガーランド王は、偽物の方を「本物である」と断じたのだ。

何がなんだか分からないユーディの隣で、口元を扇で隠すミレディ夫人が不敵に笑う。

「これで決まりね。逸話に登場する7通の恋文にはあの男にとって重大な弱みとなる何かが隠されている」

嬉《うれ》しそうに扇を閉じたミレディ夫人は、隣に立つユーディに声を掛ける。

「楽しい余興も終わったことだし、そろそろ行きましょう」

そうして2人は、熱気冷めやらぬ会場を後にする。

静かで荘厳な王城の廊下を進みながら、ユーディは前を進むミレディ夫人に尋ねる。

「ミレディ夫人、先ほどのはどういうことなのでしょう?」

黒公爵本人から詳しいことを聞かされておらず状況が把握できないユーディの問いかけに、ミレディ夫人は「そうね」と口を開く。

「では国王になったつもりで考えてみましょうか。……8年前、騒ぎに乗じて燃やしたと思っていた悪事の証拠が急に出てきた。しかも本物と偽物の2つ。どうせどちらも偽物だろうと軽く思っていたら、なんと片方は本物だった」

そう口にした上で、ミレディ夫人がユーディに尋ね返す。

「ユーディ、あなたならどうする?」

「……もしそうであるのなら、やはりなんとかして処分したいです」

「そうね。もし私だったら『どちらも偽物』と言って、その場で破り捨てて終わりにした。でもね、それが公表された状況が、あの男にとって少々特殊だった」

先ほどの祝いの席のことだろう。

「王妃殿下が隣にいなければ、自分の威信が保てないと躍起になっている目立ちたがりの王は、誰よりも周囲の視線に敏感。そしてあの時、会場にいた誰もが王に熱望したのは、失われたはずの至宝の再発見という世紀の瞬間だった」

先ほどの状況を思い返す。

確かに黒公爵が持ち込んだ2つの4通目を前にして、誰もがそう願い、むしろそうでなければならないという空気すらあった気がする。

「だからウケを取りたいあの男は欲をかいたのよ」

「本物であると宣言し、自らの体面を保った上で、本物を処分することにした」

ユーディの回答にミレディ夫人は頷いた。

「そういうこと」

「なるほど。自らが本物と断じたものをおいそれとは処分できない。だから本物を偽物とした上で、誰の目もはばからずに処分しようとしたんですね」

「結果、あの男は一度手にした本物を手放し、それを処分する機会すら失った」

そうして欲深い王は、玉座で偽物を握りしめ、苦虫を噛み潰す思いをする結果となった訳だ。

ミレディ夫人は扇を広げ、心の底から楽しそうに笑う。

「まさに黒公爵の思惑通りね」

2つの4通目をチラつかせ、ガーランド王の反応を引き出したことにより、あの男が15

年前当時、隣国シェラザードにいた姫君に密《ひそ》かに送った7通の恋文を処分したがっているという確信を得た。

さらには本物が現存することを公にし、かつ王が処分したかった本物をまんまと取り戻してみせた。

これぞ黒公爵の計略と話術、そして駆け引きの手腕がなせる業《わざ》と言えるだろう。

「ですがミレディ夫人。あんなことをしたら黒公爵様は、国王陛下に目をつけられるのでは？」

もし本当に逸話に出てくる7通の恋文にかつての王の悪だくみの証拠が隠されているとしたら、ヴィンセントはそれを全て集めて突きつけると宣言したことになる。

「端からそのつもりなのよ」

「……では、やはり」

「黒公爵はね、国王と呼ばれるあの男を玉座から引きずり降ろす為《ため》に喧嘩《けんか》を売ったのよ」

それこそが黒公爵の真なる狙い。彼が自らの命すら賭してやろうとしていること。

孤独と覚悟。

ユーディにしか感じ取れない感情の色彩が意味するところ。

ミレディ夫人は微笑《ほほえ》む。

「あの会場で起こった出来事はね、見る者によってまったく違って見えるの。何も分からぬ者たちには、国政に靡《なび》かないはずの黒公爵が現国王に忠義を見せたと映る。特に汚職塗《まみ》れの不正貴族たちは喜ぶでしょうね。彼が自分たちの側についたと勘違いして」

クスクスと笑い、ミレディ夫人は続ける。

「でもその一方で、私たちのように真の意味を理解する者たちの目には、黒公爵が国王に喧嘩を売ったという真実が映る。当然、国王たるあの男はそれを理解しているだろうし、あの男の闇を知る腹心たちも黒公爵を敵と見なしたでしょう。……でもね、中には今の国王に不満を抱く力ある者たちもいたはずよ」

敵に目を付けられたと同時に、協力者が集う可能性を示唆するミレディ夫人。

「ですが、黒公爵の世間での評価は最悪です」

悪名高い黒公爵の噂《うわさ》を前に、貴族庶民関係なく誰もが彼を恐れ、距離を取ろうとする。

「理性ある貴族たちはちゃんと気付いているものよ。黒公爵と呼ばれる彼が本当はどういう人物なのか。それこそユーディ、あなたが気付いたようにね」

そう語られたからこそ、聞かずにはいられない。

「ミレディ夫人。本当に国王陛下なのですね」

亡き王妃殿下と共に称《たた》えられるこの国の王。誰もが敬愛する逸話の主役。

そんな男こそが全ての元凶。

始まりの恋文代筆人であるユーディの祖母を使い捨て同然に殺し、グラダリス王国の玉座を手にし、王妃殿下を殺した張本人。

そして自分の家族を手に掛けるよう命令を下したのが、あの男なのか？

そう尋ねようとしたユーディの目の前で、ミレディ夫人は扇をぴしゃりと閉じる。

「王城で不敬を口にするのは良くないわ。それが不確かなことであるなら特にね」

慌てて口を閉じるユーディに、ミレディ夫人はニコリと笑う。

「本当にそうなのか、はたまたそれだけではないのか？　真実がどうであるかは、これからきっと黒公爵が暴いてくださるでしょう」

そうして2人は、王都が一望できるテラスにやってくる。

ここでヴィンセントと落ち合う手はずになっているのだ。

「ユーディ、覚えている？　黒公爵からの初めての依頼を果たした後、私に相談しにきたのを」

「もちろんです」

黒公爵に目を付けられてしまったと、ユーディはミレディ夫人に相談した。

「あなたは彼に助言したことを愚かな過ちだったと後悔した様子だった。……でもね、私はそうは思わなかった。きっとこれは素敵な運命なのではないか、そう感じたの」

ミレディ夫人はただ微笑む。

「だってそっちの方が素敵じゃない」

窓から広がる王都に目を向け、どこか遠い目をしながら彼女は続ける。

「起こったことは変わらない。目の前にある現実も変わらない。なら私たちに出来ることは、せいぜい好き勝手に解釈することだけ。……だからこそ私は、あの時こう考えたの」

ミレディ夫人は、ユーディに微笑んだ。

「恋文代筆人ユーディが、黒公爵ヴィンセントという素敵な彼に見つけてもらえた」

そうして彼女は広げた扇で、口元を隠す。

「そう思ったからこそ、私はただそれを後押しした。それだけよ」

3

群がる貴族たちと言葉を交わす、黒公爵ヴィンセント。

会場に残り目立つように立ち回ったのは、本物の4通目が入った白薔薇《ばら》のケースを持った執事レンが、急ぎ王城から逃げる時間を稼ぐためだ。

（そろそろいいだろう）

諸侯たちと一通りの挨拶を交わし終えたヴィンセントは、そのまま会場を後にする。

そうしてユーディたちと合流すべく、ひとり廊下を歩くヴィンセントは、先日の修道院でのミレディ夫人との会話を思い出していた。

――修道院の礼拝堂で、ミレディ夫人が語った、その胸中を。

「私はね。あの子に諦めて欲しかったのよ。全てを忘れ、他人として新たな人生を歩んで欲しかった」

修道院の礼拝堂で、ミレディ夫人はヴィンセントにそう言った。

「あの子には強い気持ちがある。信念がある。情熱がある。……でもね、ただそれだけなの。あの子はきっと真実にたどり着くことはできない。ただ真っすぐなだけだから。本当の意味で他人を欺くことができないから。社交界で知られるようになってもそれまで。階級社会であり汚濁に塗れた伏魔殿で、あの子が持っている素敵なモノたちは、なんの役にも立たない」

そう評価し、断ずる。

「このままでは、あの子は手酷《てひど》く摘み取られることになる。身も心もボロボロにされ、驚くほどあっさりと、その命を落とすことになる」

それは予言ですらない、このままでは確実に訪れる結末であると。

でもそれは、ミレディ夫人の望むところではないということが、次の言葉で分かった。

「だからこそ、あの子がもし真実に手を伸ばそうとするならば、後ろ盾が必要なのよ。あの子を見守る人間がね」

ミレディ夫人はヴィンセントを見る。

「それは悪人がいいわね。あらゆる悪事を知り尽くし、どんな強大な相手にも屈せず渡り合える力を持った、誰もが恐れる極悪人。でも実は誠実さを秘めている、そんな素敵な殿方が」

「だから恋文代筆人を探そうとしていた俺に彼女を紹介したと？」

「最初は顔合わせだけのつもりだった。それから徐々に、と考えていたけど、まさかあなたがあの子を見初めるとは思わなかったわ」

予想外だったことを、どこか嬉《うれ》しそうに語るミレディ夫人は、改めて言う。

「黒公爵。あなたがこの国の王座を正すべく、亡き王妃殿下の恋文を探すなら、きっとあの子が必要になる。それと同じように、あの子にもあなたが必要になる。だからその時まであの子のことを守ってほしいの」

「その時とは？」

「あなたがあの子を必要としなくなる、その時まで」

そんなやり取りを思い出していたヴィンセントは、テラスにいる2人を見つけた。

向こうでも気付いたらしく、やってきたヴィンセントにミレディ夫人が笑顔を向ける。

「見事なお手並みだったわ、黒公爵。久しぶりに国王陛下《あのおとこ》の不機嫌そうな表情を拝むことができた」

会うのは修道院の時以来のミレディ夫人は、まるでこちらの思惑を全て理解しているような顔で微笑んでくる。

「お褒めにあずかり光栄だ。……ところでミレディ夫人、あなたにお尋ねしたいことがある」

「あら何かしら？」

「あの新聞の記事はいったいどういうことだろうか？」

グラダリス王国において2日に一度発行される新聞。

そこに先日ある記事が掲載されたことで、今巻では大きな話題になっている。

『ラルサス郵便社の恋文文通。名を伏せ手紙を交わしていたお相手は、まさかの御方』

庶民の女性が相手を知らず始めた文通相手は、なんとあの黒公爵だった。

そんな記事が掲載され、さらに実際の恋文の文面が一部掲載されたのだ。

ミレディ夫人が嬉しそうに扇を広げる。

「おかげで、振るわなかった我がラルサス郵便社の新サービス・恋文文通への女性の申し込みが殺到しているの。ホント、嬉しい悲鳴だわ」

ラルサス郵便社の経営者であるミレディ夫人は、本当に嬉しそうに微笑む。

つまり目の前の夫人は、先日の賭けの内容を、そのまま恋文文化の宣伝広告に使ってみせたのである。

こうなると初めから、それが目的だったのではと疑いたくもなる。

「せめて先に相談してほしかったですね」

文句の1つも言いたくなるのは、あの新聞記事のおかげで、じっくりと時間をかけて広げてきた悪名高い黒公爵のイメージが吹き飛びそうになっているからだ。

「私の秘蔵《ひぞ》っ子《こ》を貸すのだから、それくらい安いものでしょ」

ミレディ夫人はそう笑い、隣にいたユーディの両肩に手を乗せる。

「黒公爵にヒドイことをされたらいつでも戻ってきていいからね」

ユーディの背中をそっと押す。

そしてふらつくユーディを、ヴィンセントは受け止めた。

新聞の記事にはこうも続きがある。

『黒公爵の傍《そば》には、その胸中を誰よりも理解し、丁寧に文章にする恋文代筆人の姿アリ』

その姿はまるで15年前の恋文の逸話を彷彿《ほうふつ》とさせる、そんな書き方であった。

まるで寄り添うように並ぶ2人に、ミレディ夫人は手を振る。

「せいぜい頑張ってね。私は何もしないから」

そう言って立ち去ろうとする背中に、ヴィンセントが声を掛ける。

「ミレディ夫人。あなたは私たちの味方でしょうか？」

亡き王妃殿下と共に隣国よりやってきたシェラザード人の女性に、この国を陰から護《まも》る使命を持った黒公爵は尋ねる。

「王妃殿下を亡き者にした黒幕を白日の下に晒《さら》す、その点において私たちは協力し合える。……でも信じすぎてはダメよ。なにせ私はシェラザードの女だから」

こんな格言がある。

シェラザード人の女性は誰もが気高く聡明《そうめい》で、それでいて夫にも本性を見せないのだと。

亡き王妃殿下がそうであったように、おそらく彼女もそうなのであろう。

王妃殿下亡き後も、このグラダリス王国で暗躍する彼女の背後には、隣国シェラザードの影があるのは間違いないのだから。

「その子を大事にしなさい、黒公爵。もし邪険に扱ったら、私が黙っていないわよ」

まるで大切な我が子を送り出すような言葉を残し、ミレディ夫人はその場を後にした。

そうしてユーディとヴィンセントの2人きりになる。

「そのドレス、似合っているな」

「……あ、ありがとうございます」

ヴィンセントが素直に口にした言葉に、彼女は嬉しそうにモジモジする。

だがすぐに「ハッ」となって、眼鏡の奥の瞳でこちらを睨《にら》み返してくる。

「いえ、ここはきちんと恋文代筆人ユーディとしてお答えしないといけませんね」

コホンと咳払《せきばら》いしたユーディは、何を思ったのか掛けていた眼鏡を外して、こう言った。

「ヴィン様も少しは女心が分かるようになったみたいですね」

凛々《りり》しい姿でそんな風に返されてしまい、ヴィンセントは笑ってしまった。

――ただただ目の前の彼女のことが愛おしいと思ったから。

だから彼女に告げる。

「帰ろうか、俺たちのロウワード家の屋敷《やしき》に」

「はい、参りましょう」

かつて白い仮面を付けてそうしたように、差し出したヴィンセントの腕に、ユーディは手を添えた。

＊＊＊

そのまま馬車に乗り込むまで眼鏡を掛けなおさなかったのは、ヴィンセントに手を引かれる口実だったことは、ユーディだけの秘密である。

エピローグ

ロウワード家の屋敷の中にある室内庭園。

ヴィンセントに連れられ、初めてその場所を訪れたユーディは目を輝かせる。

「こんな素敵な場所があったんですね」

あまりに広いロウワード家の屋敷には、まだまだユーディの知らない場所があるようだ。

「気に入ってもらえたようで何よりだ」

室内庭園に咲き誇る花たちを、嬉しそうに愛《め》でていくユーディ。

そんなユーディをヴィンセントがなぜかジッと目で追ってくる。

「どうされましたか、ヴィン様？」

「いや、……花も悪くないと思っただけだ」

「？」

そんな2人に近付いてきた人物がいた。

「お眼鏡に適《かな》う花はございましたかな？」

眼帯が特徴的な庭師のご老人。この人が以前、話に出てきた庭師のジョゼ爺《じい》なのだろうとユーディは察した。

「ヴィンセント坊ちゃん。ご観賞中のところ申し訳ないのですが、少々よろしいでしょうか」

「わかった。ユーディ、少し席を外させてもらう」

そう言って、ヴィンセントとジョゼ爺は、ユーディから離れた場所に移動し、何やら言葉を交わし始める。

そうして向こうに立っている彼のことをユーディはチラリと見ながら、思う。

幼い頃、祖母のように誰かを笑顔にできる代筆人になりたいと思っていた自分はもういない。

私的な理由で恋文代筆人となったユーディは、ずっとそう思っていた。

でも、彼がくれた言葉で気付くことができた。

『恋文を通して誰かを笑顔にした時のキミは、本当に嬉しそうに笑っている』

かつてなりたかった恋文代筆人に、自分はなれているのだと。

そう言ってくれた彼は、自分にそう振る舞える居場所を与えてくれた。

彼の傍にいるだけで、彼を見ているだけで、ユーディは幸せな気持ちになる。

そっと自分の胸に手を置く。

（今、私の心にある気持ちはなんと表現したらいいのだろう？）

「こんにちは、お嬢さん。お茶の支度ができていますので、どうぞあちらの席でゆっくりしていってください」

そう声を掛けてくれたのは、柔和な表情のお婆《ばあ》さんだった。

「素敵な庭園ですね」

「そう言ってもらえると、夫も喜びます」

どうやらこの女性は、あちらで彼と話しているジョゼ爺の奥様のようだ。

「ありがとうございます。是非いただきます」

「それにしても驚きましたよ。あのヴィンセント坊ちゃんが『この庭園を見せたい女性がいる』と言い出した時は。きっと坊ちゃんは、ウチの旦那に何か吹き込まれたんですよ。それこそ先代のことじゃないかしら」

「？　それはどんなことなのですか？」

すると老庭師の奥様は、どこかお茶目な様子でこっそりと教えてくれた。

「先代の黒公爵様の口癖だったんですよ。『花に興味がない男が庭園に来る理由は1つしかない。それは連れてきた好いた女性の笑顔を見るためだ』って」

そう教えられた瞬間、ユーディの顔は一気に赤くなる。

ありえない、そんな訳がないと、想像してしまった不相応な考えに頭が沸騰しそうになる。

「どうした、ユーディ？」

そのタイミングで、話を終えたらしい彼が戻ってくる。

「いえ、な、なんでもないです」

「なんだか顔が赤くないか？」

「き、気のせいです」

そのまま、そそくさと彼から距離を取ろうとした。

「おい、どこへ行く？」

「私のことはお気になさらず！」

でも、そんなユーディは、伸びてきた手にあっさりと捕まってしまう。

摑《つか》まれた手に振り向くと、彼はただこう言った。

「逃がさない、キミは俺の恋文代筆人なのだから」


黒公爵ヴィンセント。

歴代で最も恐ろしいと噂《うわさ》されていた黒公爵は、ある時を境に、恋文好きであるという話が知れ渡り、世間が彼を見る目は次第に変わっていくことになる。

そんな彼の印象を大きく変えた要因の1つに、常に彼の傍にいた恋文代筆人の存在があったとされている。

恋文代筆人ユーディ。

黒公爵と共に歩み、後世において始まりの恋文代筆人と並び称される彼女。

ただこの時、彼女はまだ《始まり》と並ぶ肩書きを持ち合わせていない。

そう冠せられることになるのは、もう少し先のこと。

これは後に《始まり》と共に語られる、とある恋文代筆人の物語——

そして恋文に彩られた人生を歩むことになる、

黒公爵とお抱え恋文代筆人の物語でもある。

富士見L文庫

黒《くろ》公爵《こうしゃく》様《さま》の恋《こい》文《ぶみ》代《だい》筆《ひつ》人《にん》

鳳《おおとり》乃《の》一《かず》真《ま》

2025年4月15日　初版発行

発行者　山下直久
発　行　株式会社KADOKAWA
〒102-8177　東京都千代田区富士見2-13-3
電話　0570-002-301（ナビダイヤル）

印刷所　株式会社暁印刷
製本所　本間製本株式会社
装丁者　西村弘美

定価はカバーに表示してあります。　◇◇◇

●お問い合わせ
https://www.kadokawa.co.jp/（「お問い合わせ」へお進みください）
※内容によっては、お答えできない場合があります。
※サポートは日本国内のみとさせていただきます。
※Japanese text only

ISBN 978-4-04-075827-5 C0193